「やはり、面白いですね。貴方は！」
「人間がここまでの力を持つとは、やはり——」
クリム

クレオ・ファーシード
「悪いですけど、
ボクは負けられないんです」
「これでもまだ、
分の悪い賭けだけど……！」

そして、少女もまた
嬉しそうに笑うのだ。
「えへへ。ありがとう、エリオさん」
その瞬間だった。
エリオさんの身体を、光が包んだのは。
眩い輝き。それが収まった時、そこにいたのは――。
リナ

# 万年2位だからと勘当された少年、無自覚に無双する

The boy in unconscious invincible

著 あざね ill. ZEN

3

# contents

デザイン／ムシカゴグラフィクス


プロローグ
くすぶり続ける呪い。 — 7

第1章
エリオの過去。 — 28

第2章
禍根。 — 55

第3章
魔族の女。 — 76

第4章
襲撃と、可能性。 — 125

第5章
両家の諍《いさか》い、その結末。 — 159

エピローグ
新たな象徴に。 — 202

巻末書き下ろし
薬《くす》師《し》少女と惚《ほ》れ薬《ぐすり》。 — 213


The boy in unconscious invincible

# プロローグ　くすぶり続ける呪い。

それは、一言で表すなら『呪い』に近い。

一人の少女は騎士の家に生まれ、己もいつか王国を守護するのだと信じて疑わなかった。そして、自分を信じてくれた皆のためにも、そう在らねばならないと奮い立つ。願ってやまない未来を手に入れるため、時には父から与えられる理不尽な扱いさえ必要なものだと考えた。

自分はそう、在らねばならない。

誰よりも強くなり、決して折れない心をもって、王国を救った英雄のようになるのだ。

だが、いつからだろうか。

周囲から寄せられる大きすぎる期待が、重荷のように感じられたのは――。


『お前のせいで、一族は潰《つい》えてしまったのだ』

『お前の責任だ。どうしてくれる』

『お前のせいで……』

――大勢の大人が、寄ってたかって一人の少女を追い詰める。

その光景は傍《はた》から見れば、異様としか言いようがなかっただろう。だがそれでも、少なくとも、その時の彼女にとって責め苦は当然の報いであった。何故なら、自分は裏切ったのだから。

自分のせいで、貴族であった家は没落したのだから。

自分が、あの決闘で敗れたせいで。

自分があの決闘で――。

『ごめんなさい、ごめんなさい……！』

ひどい暴力を受け続けた。

泣き叫んでも、誰一人として止めに入ろうとはしない。それどころか、むしろ清々するといわんばかりの視線を向けてきた。

拳を振るう彼は、彼女を我が子とは思っていないに違いない。

父親からも、母親からも見捨てられて、少女はただうずくまっていた。周囲から人がいなくなっても、雨が降っても、その身が針のように鋭利な冬のそれに打たれたとしても。

そのような扱いを受けてもなお、あまりに不器用で実直な少女はこう考え至るのだ。

『報いだ……』――と。

だから、仕方がない。

仕方がないのだ。

期待を裏切った自分が悪いのだから。

それできっと、みんなが納得するだろう。だからこそ、

『ころ、して……』

ただ、無自覚にそう呟《つぶや》いていたこと。

希死念慮の言葉さえ、彼女は自分でも知ることはなかった。

◆

エリオは宿の一室で目を覚ました。

ずいぶんと暗い夢を見ていた気がする。忘れた方が良いに決まっていると、そう直感しながら、

どこか心の片隅で失いたくないと、そう思わされる夢であった。自分が今までずっと縋《すが》ってきた悪夢、とでも表現すればいいのだろうか。

だが、少なくとも良いものではないはずだ。

そうでなくては、このような寝汗をかくはずがない。

「ん……あぁ、もうこんな時間か」

身を起こして、彼女は簡単なストレッチを開始した。

剣にすべてを捧《ささ》げて生きてきた彼女にとってのルーティンは、いわゆる女らしさとは無縁だ。かつて誰か、そのことを叱責してくれた人もいた気がする。それでもエリオは、あえて優しい人の言葉に背を向けていた。

だって、あのような光景を直視するのは、あまりに辛《つら》い。

沈みかけた気持ちを払うように窓の外へ視線を向けると、すでに朝日が顔を出している。この時間には決まって、彼女は軽い鍛錬を行うことにしていた。もう何年も前から続けてきたこと。始まりはどんな思いでやっていたか、そんなことはとうに忘れてしまっていた。

そうだとしても、やらないと気分が悪い。

そう、自分は強くならないと——。

「………」

そこまで考えて、エリオは剣に伸ばした手を止めた。

自分はどうして強くなろうとしているのか、ふと考えたのだ。今なら思い出せるかもしれないと感じて、必死になって思考を巡らせる。だがそれでも、答えは出てこなかった。

「愚問だ。アタシがそうしたいからに、決まっている」

そして、最後にそう結論付ける。

それ以上でも、それ以下でもないはず。微かな違和感はきっと、束《つか》の間《ま》に垣間見た夢のような曖昧な虚像に過ぎないのだ、と。


だが彼女は知らなかった。

その結論がいかに、呪われているのか、を。

その呪いが、クレオとの出会いをもってしても解けていないことを……。

◆

「はぁ――――――ッ!!」

エリオさんが剣を振るう。

洗練された美しさ、という表現が最も正しいと思われる一閃《いっせん》。ダンジョンの最深部付近にいる魔物も、彼女の剣術の前にはなす術もなかった。

肉を切り裂かれた魔物は断末魔の叫びを上げる。

魔素へと還ったそれを見て、ボクはひとまず息をついた。

「お疲れ様、エリオさん」

「ん――あぁ、クレオもお疲れさま」

声をかけると、エリオさんは汗を拭いながら笑顔を見せる。

中性的かつ整ったその顔に浮かぶ、あまりに眩《まぶ》しい表情。出会った頃の思いつめた色は薄れており、純粋な性格が出てきているように思えた。彼女の家――リーディン家のことは貴族であった頃、噂《うわさ》程度に耳にしたことがある。世界最高の剣士であり、ボクの学友であったアルナに敗北した彼らは没落して東方のとある街に流れていった。

そこで何があったのかなど、詳しく知らない。だけど今のエリオさんからは、柔らかさすら感じるのだ。ボクのパーティーに入ってくれたことは、間違いではなかったのかもしれない。

そのことが垣間見えて、ボクは素直に嬉《うれ》しくなる。

「それにしても、本当にエリオさんの剣術は素晴らしいですね」

だから自然と、弾むような声でそう言った。

すると一瞬だけキョトンとして、彼女は照れたように頬を掻《か》く。

「素晴らしい、か。ありがたいけど、アタシはまだ――」

そして、自嘲気味にそう言った。

ボクはエリオさんの頭の中に浮かんだのが、誰か分かった。

「……」

それはやはり、アルナという存在だろう。

彼とは同じ学年だったが、ボク自身一度も剣術で勝つことはできなかった。無軌道とも思える剣筋に、微かな隙すら逃さず刺し貫く的確な一撃。芸術的と、そう言ったら良いのかもしれない天性のそれは、見る者を魅了し、惹《ひ》き付け、虜《とりこ》にするものだった。言うまでもないが、学園に通っていた頃のボクもまたその一人だったのだ。

もちろん才能がすべて、とは思わない。アルナは毎日のように剣を振っていたし、人目を避けて自主練に明け暮れていた。こちらも負けていられないと奮い立たされ、その練習に参加させてもらったこともある。だが、だからこそ思い知らされることもあった。

アルナの剣術には、圧倒的な才能、というものがある。

「ねぇ、エリオさん？」

そして彼女――エリオさんも、その剣を見た一人。

その力の前に心を一度は砕かれ、苦渋を舐《な》めた経験の持ち主だ。

だからこそ、ボクはいまの彼女の胸にある思いを知りたい。そう思った。

「アルナのこと、いまはどう思っていますか？」

こちらから、この話を振るのは初めて。

いいや。もしかしたら、話題として出るのも初めてだった。

「……アルナ、か」

面食らったようにしてから、顎に手を当てて考え込むエリオさん。

数秒の思考の後に、彼女はこう言った。


「いまはもう、比べるのをやめたよ。アタシは、アタシだから」――と。


そこには、少しだけ遠慮のような。

迷いに近い何かがあるようにも感じられた。

でも剣術に対して、少なくとも以前のような後向きの感情はもっていない。ただ真っすぐに、自身の研鑽《けんさん》に励みたいという意欲がある。そのことだけは、ハッキリとする言葉だった。

でなければ、比較をやめる、という言葉は出てこない。

ボクは安堵《あんど》して、自然と笑む。

よかった――と。

だって初めて会った時のエリオさんは、いまにも何かに押しつぶされてしまいそうな、追い詰められた表情をしていたのだから。鬼気迫るといえば多少聞こえは良いが、彼女のあれは常軌を逸していた。それこそ、強迫観念に苛《さいな》まれているようなものであったから。

しかし、少なくとも『現状の彼女』からは、それを微塵《みじん》も感じない。憑《つ》き物が落ちたという表現が、そのまま当てはまる清々しさがあった。

「それじゃ、帰りましょうか！」

そのことを確認できたのが、今日の一番の収穫だろう。

ボクは一つ頷《うなず》いてからそう宣言した。

――エリオさんの剣の道。

それはきっとここから、またまっすぐ伸びていくのだろう。

この時のボクは、それを信じて疑わなかった。

そう、あの人が王都にやってくるまでは……。

◆

「くは、ギブ！　参った‼」

――アルナは思い出す。

なんでもありの模擬戦で、クレオに完敗したある日のことを。

剣術の才覚では負けることを知らなかった。しかし、クレオの体術に魔法、そのほかにも様々な要素において、アルナは何をとっても及ばない。幾度も手合わせをして、対策を練りに練って挑んだものの、そのことごとくが跳ね返された。数にして百を下らない。今までは感覚のままに剣を振るっているだけで、どんな相手にも勝利してきたのだ。その上でクレオという少年は、アルナにとって初めて『考える戦い』をさせた相手であり、絶望を抱くほどに高い壁だった。

そのことが、完膚なきまでの敗北が悔しくてたまらない。

しかし、同時に嬉しくもあった。

自分にここまでの屈辱を与える人間など、今までいなかったのだから。

「……ったく、ホントにクレオはすげぇよな」

「あはは、そんなことないよ。ボクは何をやっても2番だし……」

大の字になりながら額の汗を拭って、素直にクレオを褒め称えるアルナ。

しかし彼は軽く笑うと、褒め言葉を社交辞令であるかのように受け取るのだった。この態度に嘘《うそ》や偽りがないのがまた、たちが悪い。

　クレオは本気で『自分は大したことがない』と、そう思っているのだ。

　そんなことはない。彼は間違いなく『一流』だった。

　何につけてもトップを獲れないながらも、アルナをもってしても異常と思える努力で才能ある者に肉薄する。何をやっても2番手だと彼は謙遜するが、それでも怯《ひる》むことを知らない向上心は『一流』の証明に他ならないのだった。

「自信持てっての……あー！　それにしても、見事なまでに負けたなぁ‼」

　あるいは、それが分かるのは自身が自覚的な『一流』だから、なのかもしれない。アルナはそう考えながら、学園でのクレオの評価を思い返した。誰も彼も、記憶に残すのは圧倒的な才能を持つ1位だけ。そのすぐ下に、1番多く名を連ねた彼の名前を憶えている者はそういない。それどころか、表立って言わないだけで『万年2位のクレオ』と、彼を笑う者が一定数いるのをアルナは知っていた。もっとも、そのような相手のことを当の本人は気にしていない様子だが……。

「たまたま、だよ」

「どこが、だよ。俺の完敗じゃねぇか」

　アルナがそんなことを思って辟易《へきえき》していると、クレオもまた隣に転がった。無自覚故に嫌みですらない言葉に、苦笑しながらアルナは答える。そして、呼吸を整えながら天を仰いだ。

　訓練場から見える空は広く、青く澄み渡っている。どこまでも広がっているのであろうこの景色は、かつて剣を交えた『彼女』の瞳にも映っているのだろうか。

もしかしたら、を思い描いた。

あのような決闘がなければきっと、この場で青空を見上げていたのは三人だったかもしれない、と。三人で研鑽を積んで、高め合って、そして――。

「…………」

そこまで思考を巡らせてから、ふとアルナは考えた。

いまはまだ、自分とクレオは一介の学園生徒でしかない。

しかしそのさらに先、卒業後には国を背負って戦わなくてはならないのだ、と。

「なぁ、クレオ……？」

「ん、どうしたの？　アルナ」

「お前さ、学園を卒業したらどうするつもりだ？」

幼い頃から天賦の才を見出《みいだ》されていたアルナは、騎士団に入ることを切望されていた。

だがその反対に、いわゆるエキスパートではないクレオのような生徒には、さほど多くの視線は向けられない。首席という地位も総合能力でなく、特出した才を持つ者の中から選ばれていた。この学園、さらには王国の選定基準は間違っている。彼こそが真に評価されるべきなのだ、と。

アルナはそう思い、黙ったままのクレオにこう告げるのだった。

「俺は、お前の下で働きたい」——と。

そこには、アルナの嘘偽りのない気持ちが表れていた。

真に上に立つべき人間が、そこに至るべきだと。クレオは自分以外にも、リリアナやマリンにも認められている。いいや、それだけではない。

すべての分野において、それぞれのエキスパートが認める存在だ。

だとしたら、そんな存在こそが認められ、自分たちを率いるべきだった。

「ううん、それはできないんだよ。きっと、ね」

「………そう、か」

だがしかし、クレオにはその気がない。

もっと正確に言えば、その可能性を考えることすらできないのかもしれなかった。リリアナは国王を説得したが、多くの大臣や貴族たちなどは、理解を示していない。そもそもとして、今までなかった評価基準を持ち込もうとしているのだから、当たり前といって仕方ないのだろう。

まだ、時間がかかる。

そう——この、真の王者たる人物が、自分たちを率いるには。

「よし、決めた！」

だからアルナは、大きく声に出して決意を固めた。

「え？　なにを？」

「いいや、お前はその時まで待っていればいいさ」

立ち上がって、アルナはクレオに微笑みかける。

彼は決めたのだ。――自分もリリアナのように、国を内側から改革する、と。

「きっと、いつかお前の力がガリアには必要になる。それは間違いない」

そのためなら、自分は頑張れる。

尊敬を抱かざるを得ない、このクレオという少年のためなら。

「だから、その時は手を取ってくれ」

アルナは、そう考えて笑った。

いままで理由なく剣を振るってきた彼が、初めて見つけた主君たる人物。その人のためならば、どんなことでも苦ではない。

まだ自覚のないクレオは首を傾げていたが、今はそれでいい。

これが、アルナの道を決めた日の出来事だった。

◆

「ふぅ、今日はこれくらいにしておこう」

ある休日のこと。エリオは滝の前での、一日の鍛錬を終えて帰り支度をしていた。

クレオにはまだまだ及ばない。だが、それでも少しずつ前進している実感はあった。無理矢理に霧の中を進んでいたような、以前とは大きく違う。心身の鍛え方や技術の見直し、さらには今まで不要だと考えて手を付けなかった体術についても前向きに捉えられていた。自分に足りないものが何か分かれば、ここまで自分は成長できるのだ。

だからもう、曖昧な目標ではない。

クレオという身近に手本とできる素晴らしい人物がいて、それを試す環境にも恵まれている。これほどまでに充実している日々は、以前では考えられなかった。

そしてエリオはふと、こう口にする。

「それに、少しでもいいから恩を返したいからな……」

彼のことを考えて、自然にそんな言葉が漏れた。

無意識に出ていた言葉だったが、だからこそエリオの本心なのだろう。彼女はクレオという少年を、素直に尊敬していた。向上心に満ちていて、たとえ自身より優れた者が現れても妬むより励みとする。そんな、いつも輝いて見える彼のことを。

もしかしたらこれは、エリオにとっては初めての感情かもしれなかった。

「ふふ。いや、それではマキに悪いな」

そこまで考えて、気持ちを切り替える。

少女に戻りかけた心を、剣士の心に入れ替えるのだ。

自分はいまの関係で十分だと、嘘偽りなく、そう思っているのだから。

「さて、それじゃ――」

自分にとっての居場所、ガリアに帰ろう。

そう思って、荷物を抱え上げた。その時だった。

「こんなところにいたのか――エリオ」

「――――!?」

心臓をわしづかみされるような、そんな聞き覚えのある声がしたのは。

全身から汗が吹き出すような感覚に襲われ、背筋が凍っていく。血の気が引いて、手足が震えていた。動悸《どうき》が激しい。呼吸が乱れて、自分という人間の意思が消えていくようであった。

エリオは声のした方を振り返る。すると、そこには一人の男性が立っていた。短い赤の髪に、青の瞳。東方の国――アルカで着用されている衣服に袖を通していた。

腰には剣を携え、腕を組んでいる。

厳しい表情を浮かべている男性に対して、エリオは視線を合わせることすらできない。まるで怯《おび》え切った小動物が、生殺与奪の権を握る相手から逃げる算段を立てるかのような姿だ。

「お前は、自分の立場を分かっているのか？」

だがしかし、退路はその一言で断たれる。

エリオを知る初老の男性は、呆《あき》れを隠そうともせずにそう口にした。いまの彼女の在り方を責めるようにして、心の底から幻滅したといった様子で。

だが、一つ息をつくと彼はエリオに告げた。

「時間がない。いつまでも、好き勝手に生きられては困るのだ」

強要しているわけではない。しかし、有無を言わさぬ力があった。

対してエリオは瞳を震わせて、明らかに動揺している。

狼狽《うろた》える少女の、その感情には興味がないらしい。男性はあまりに冷たく失笑し、一歩、また一歩とエリオに迫ってきた。

「お前は、自分の役割を果たせ。分かったな？」

そして、抵抗のできない相手に剣を振り下ろすかのようにして――。

「…………」

最後は彼女の肩に手を置いて、静かな口調でそう言った。

瞳を潤ませ身体を弾ませた少女は、今にも泣き出しそうな声で答える。

「分かり、ました――」

つい先ほどまでの充足感など、行方知れず。

その表情は、戻ってしまっていた。

「――――お父様」

そう、クレオと出会う以前。

名状しがたい『呪いに囚われた、エリオ』のそれに……。


――エリオの胸の中には、忘れられない存在があった。

それは一人の少女。ヴァーナと呼ばれる獣人族の女の子の笑顔だった。

栗色《くりいろ》の髪に、紺碧《こんぺき》の瞳。幼い顔立ちの割に、彼女よりもどこか年上染みた振る舞いをすることのあった少女だった。

「なぁ、セナ？　一つだけ、訊《き》いてもいいかな」

満天の夜空を見上げ、身を寄せ合いながら。

エリオは少女――セナに問いかけた。対して少女は、どこかうっとりとした表情で頷く。瞳に映るのは、煌《きら》めく星々だ。寒さ際立つ季節の乾いた空気の中で、彼らはいっそう美しい輝きを放っている。

そして、簡単に結われたセナの髪に飾られているのは、貝殻の簪《かんざし》。

これはある日、エリオと街を歩いていた時に購入した、お揃《そろ》いの品だった。

「アタシたち、いつかきっと自由になれるよね……？」

カランと、小波《さざなみ》とはまた異なる音色を奏でた簪。

その音に重なるようにして、エリオは自信なさげにそう訊《たず》ねるのだった。

身に着けるのは、お世辞にも綺麗《きれい》とは言えない衣服。ところどころ破れており、継ぎ接《は》ぎだらけになっていた。生活の困窮以外にも理由はあるのだが、今ばかりはそのことを忘れたい。

そんな願いを込めて、彼女はセナに問いかけたのだった。

「大丈夫ですよ、エリオさま」

元々は給仕であるセナ。

そんな少女は丁寧な、しかし同時に親密な口調で断言した。

「貴女はいつか、抜け出せます。そう――」

ゆっくりと、目を閉じて。

「今はちょっとだけ、悪い『夢』を見ているだけなのですから……」

それは、本当に何気ない夜の出来事。

だけどエリオにとってはかけがえのない、大切な出来事。

「あぁ、そうだな。でも――」

だから、ちょっとだけ希望を見るのだ。

そっと心を寄せて……。

「『こんな夢』なら、もう少しだけ見ていたいものだ……」――と。

# 第1章　エリオの過去。

――暗闇の中で、一人の少女が泣いている。

ただ一人の肉親であった姉の、その亡骸《なきがら》の前で。

姉は王都からやってきた貴族の家に、奉公に出て働いていた。

「お姉ちゃん、お姉ちゃん……！」

ただ、それだけだったのに。

どうして、自分の大切な姉は殺されたのか。

胸を貫いた刃の跡が生々しく残っている。少女はそこに触れて、苦しかったであろうと、無念であっただろうと、語りかけるようにして泣くのだ。頬を伝った涙は腕の中で冷たく、そして硬くなってしまった姉の亡骸に落ちていく。どうして、という疑問だけが膨らんでいく。どうして、最愛の姉は死ぬこととなってしまったのか、と。

そうすると思い出されたのは、姉の亡骸を運んできた女のことだった。

「あの女が、お姉ちゃんを……」

彼女は、うつむいて表情を隠したまま言ったのだ。

『アタシが、この子を殺した』――と。


ヒトのそれとは思えないほど、冷たい声で。

顔までは分からなかったが、彼女の声だけはしっかりと覚えている。

あまりにも淡泊で、無感情なものだった。その冷酷さをもってして、あの人は優しい姉を殺したのだ。そう違いないと、年月を重ねる毎に思うようになった。

「許さない……」

姉の形見だという、綺麗《きれい》な簪《かんざし》を握りしめ。

少女は、その女の名を口にした。

「エリオ・リーディン……！」

少女はそう口にして、生まれ故郷である里を出る。

すべては、復讐《ふくしゅう》を果たすため。

「待っていてね、お姉ちゃん。私、必ず――」

ようやく決意した。むしろ、遅すぎたのかもしれない。

これまでずっと恨み続けてきたのに、どうして迷っていたのか。自身の中に生まれた新しい疑問を振り払うようにして、少女は親愛なる姉の墓前に手を合わせて誓った。

「――仇《かたき》を、取るからね？」

彼女の声は、風に攫《さら》われ消えていく。

そして、その足取りはしかし、まだどこか不安げでもあった。

◆

「エリオさん、どうされたんですか？　朝帰りだなんて」

「ああ、いや。少し懐かしい人に会ってね……」

「懐かしい人……？」

休日明けのこと。エリオさんは、明け方になって帰ってきた。

ボクが朝のランニングから戻ってきたのとほぼ同時、思いつめた表情をして。だから何かあったのかと思い、そう訊《き》いてみた。

しかし返ってきたのは苦笑と、それには不釣り合いな言葉。

首を傾げていると、彼女は切り替えるように言った。

「そんなことよりも、クエストだな！　今日も稼ぐとしよう！」

「え、あ……はい」

そして、足早にダンジョンの奥へと行ってしまう。

そんな後ろ姿を見送って、ボクは立ち尽くすしかなかった。すると、

「あれは、何か隠してますね？」

「キーンもそう思う？」

いつの間にか隣にきていた魔法使いの青年が、顎に手を当てつつそう口にする。どこか茶化すような言葉であったが、口調自体は至って冷静であり、仲間を案じているようでもあった。

「エリオはどうも、嘘《うそ》をつくのが下手なようですからね」

意見としては、こちらと同じ。エリオさんが何かしらの悩みを抱えているのだろう、というものだった。もっとも、それが何なのかは分からない。

人には誰しも、知られたくない過去や隠し事の一つや二つ、あって当たり前。

だからこの件について、直接エリオさんに訊くのははばかられた。

「仲間ですから。きっと、話してくれますよ」

「そうだと、良いけどね」

そう考えていると、キーンが年長者らしく言う。彼の主張は至極ご尤《もっと》もではあったが、どうしてだろう、妙な胸のざわつきを覚えてしまうのだ。

先日、ボクはエリオさんにアルナのことについて訊《たず》ねていた。その際には、出会った時のような雰囲気を見せなかったのに。どうして、さっきは――。

「きゃあああああああああああああああああああああああああああああ‼」

そう考えていた、次の瞬間だ。

「な、なんですか⁉」

甲高い、少女の悲鳴が聞こえたのは。

呆気《あっけ》に取られるキーンに対して、ボクは必死に耳を澄ませて叫ぶ。

「あっちからだ！　行こう、キーン‼」

「は、はい……！」

こちらの呼びかけに、彼もまた即座に反応した。

一直線に声のした方へと赴く。すると、そこにあったのは――。

「クレオ、そっちを頼む！」

エリオさんが数体の魔物を相手にしている姿。

そして、そんな彼女に庇《かば》われていたのは一人の獣人の少女だった。

「ひ、ひぃ……！」

栗色《くりいろ》の髪にぴょこんと猫耳が生えている。顔立ちは分からなかったが、この場にいるには相応しくないような小柄な子供。

武器らしきものは背負っていたが、手に取る余裕はないようだった。

「任せて！　キーンは魔法で、マキは支援して‼」

「分かりました！」

「分かったです！」

ボクは遅れて到着した二人に指示を出し、エリオさんの背後から襲い掛かろうとする魔物に剣を突き立てた。

◆

「助かってよかったね、えっと――」

ひとまずの戦闘を終えて。

ボクたちは、助けた獣人族の女の子と話していた。

「はい！　私の名前はリナといいます！」

「そっか。助けられて本当に良かったよ」

リナと名乗った少女は、やや大げさに頭を下げる。

獣人族の子の年齢はいまいち分からないけれど、見た目としてはマキと同い年くらいだろうと思われた。小柄な身体に、少し大きめな弓を背負っている。瞳の色は金で、くりくりとした輝きが印象的だ。顔立ちはどことなく大人しい。身にまとっているのは、いわゆる割烹《かっぽう》着《ぎ》、というものだろうか。しかし胸の一部の布が意図的に切り取られ、代わりの布があてられているようだった。

そんな彼女の背負う矢筒の中身は、見事に空となっていた。

おそらくは魔物に放ち、なくなってしまったのだろう。

「それにしても、どうして一人でこんな場所に？」

「あ、あはは。本当はもっと浅い階層で腕試しをしようと思っていたのですけど。迷っているうちに、どんどん奥に入ってしまった感じでして……」

「なるほど。迷子、というわけだな」

リナの言葉に、少しだけ笑いながらキーンが言った。

「キーンさん、その言い方は少し意地悪です」

するとそれにマキが、やや頬を膨らませながら反応する。

同い年くらいの女の子が相手だから、だろうか。キーンはマキからの思わぬ牽制《けんせい》に、少しだけおどけた表情を見せた。ボクは二人のやり取りを苦笑いしつつ聞いている。そうしていると、不意に

エリオさんがこう提案してきた。

「クレオ。とりあえず、この子を街に連れて帰らないか？」

「そうですね。そうしましょうか」

エリオさんの言う通りだろう。ボクはそれに賛同し、念のため他のメンバーにも視線で確認を取った。もちろん反対する人などはおらず、ひとまず来た道を戻ることにする。

その途中で、

「これは……？」

「あ、それ私のです!!」

岩場の陰に、なにやら光る物を見つけた。

拾い上げると、それは特殊な髪留めのようで。

即座にリナが声を上げて、こちらへと駆け寄ってきた。どうやら、逃げ回っている間に彼女が落としたものらしい。手渡すと少女はホッとした表情で、それをポケットの中に仕舞い込む。

目を細めて安堵《あんど》する様子から、とても大切な品だというのが分かった。

「危なかった。これ、お姉ちゃんの形見なんです」

「形見？　……そっか。見つけられて良かったね」

「はい！　ありがとうございます！」

そんな柔らかな表情を見ていると、リナはそう教えてくれる。それを聞いてなおのこと、ここで発見できてよかったと思えた。

ボクは「次は落とさないようにね」と一言、声をかけてから歩き出す。

他のメンバーも、それ以上は気にした様子もなくついてきた。

だから、

「姉の、形見……」

気付けなかったのだ。

「あぁ、そうか。彼女は、あの子の……」

エリオさんだけが、しばしその場に立ち尽くしていたことを……。

◆

――あの子を手にかけた感触は、今でも鮮明に覚えている。

肉を貫く生々しい音に、心臓を鷲掴《わしづか》みにされたかのような気持ちも。呼吸は止まって、目の前で起きたことを理解するのに時間がかかった。

ガクリ、と身体をこちらに預けた少女。

そんな彼女から出た言葉は、さらにアタシを苛《さいな》める。

『私は、エリオさまに会えて良かったと思います』

死の間際に、掠《かす》れるような声で少女はそう言ったのだ。

そっとアタシの頬に触れた手は、撫《な》でるようにしてからこぼれ落ちていった。

熱が失われていく。大切な親友の、姉妹だとさえ思った少女から、生気が失われていった。呼応するようにしてアタシの身体からも、熱という熱が消えていく。


――あぁ、覚えている。

忘れるはずが、なかった。

忘れられるはずがなかったのだ。

そう、彼女の名前は――。

「――――セナ」

エリオが目覚めると、そこにあったのは宿の天井。

そして、何かを掴むようにして彼女は腕を伸ばしていた。口にした少女の影を掴み取ろうとしたかのように。エリオは、ただ手を伸ばしていた。

涙が流れていた。

しかし、彼女はそのことに気付かない。

気づいていても、拭うことさえ忘れていたかもしれない。

「久しぶり、だね。――セナ」

噛《か》みしめるようにして、少女の名を繰り返す。

まるでエリオには、セナという名の女の子の姿が見えているかのようだった。

「貴女の妹に会ったよ。とても明るくて、元気な子だった」

――セナに、そっくりな。

そこまで口にして、口を噤《つぐ》むエリオ。

「アタシはやっぱり、許されない。戦わなければ、ならない」

そして、次に口を開いた時。

エリオの瞳からは感情が消え去っていた。

「アタシは――『我』は、ただ一つの剣」

身を起こして、窓の外を見る。

一羽の小鳥が羽ばたく。それを、彼女はただただ見送っていた。

◆

リナの一件もあったので、翌日は休日ということになった。

獣人族の少女は東方から王都に、冒険者となるためにやってきたらしい。しかし、その日の宿もなければお金もない。本当に着の身着のまま出てきたのだという彼女のことを放ってはおけず、ひとまず諸々《もろもろ》の手続きの手伝いをすることになったのだ。

「え、赤髪の女剣士さんの名前？」

「はい。一番に助けていただいたのに、お礼を言えていないので」

そんなわけで宿のエントランスで雑談をしていると、不意にリナがそう訊ねてくる。彼女曰《いわ》く、今朝から幾ら探し回っても件《くだん》の相手の姿が見えないらしい。言われてみれば、今日はたしかにエリオさんを見かけていない。

彼女も同じ宿に泊まっているので、滅多なことがない限り顔を合わせるはずだけど。昨日の一件から様子がおかしいことは気になっていたが、そんな日もあるのかもしれない。

今はそう思うことにして、ボクはとくに警戒することなく答える。

「あの人は、エリオさんだよ」

「…………！」

瞬間びくりと、少女の肩が弾んだように見えた。

「エリオ……」

そして、何か思うようにして繰り返す。

リナのそんな様子に、ボクはさすがにおかしいと思って眉をひそめた。リナという少女のことを怪しんでいるわけではない。ただ、なにか嫌な予感がした。

「どうかしたの？」

「い、いえ！　なんでもありません！　ただ――」

「……ただ？」

だからそう訊ねると、どこか沈んだ表情で彼女は言う。

「もし、ですよ……？」

意を決したように。

「クレオさんは、自分の仲間が誰かの仇だとしたら——どうします？」

そう、こちらを試すようにして。

これはもう、訊くまでもない。リナが言っているのは、エリオさんのことだった。

たしかリーディン家は王都を離れた後、東方の街へと向かったはず。そしてリナもまた東方の出身であり、このタイミングで訊ねるのだとしたら、意図がないはずがなかった。

「……そう、か」

話の具体性は、まだ見えてこない。

それでもボクは彼女の言葉に対して、真摯に向き合って考えた。そして、しばしの間を置いてから。数ある答えの中でも、これしかないだろう、というものを選んだ。

不安げな獣人の少女に、ボクは静かに伝える。

「まずは、理由を聞くかな。どうして罪を犯したのか、ってね」

「…………」

リナはボクの話を黙って聞く。

「そして、それが取り返しのつかないことなら。一緒に手を取り合いたいと思うんだ。仲間って、そういうものだと思うから」

「それじゃあ、もしですよ――」

だが、そこで彼女は口を挟んだ。

一つ息をついてから、まっすぐにこちらを見て言う。

「あのエリオさんが、私の姉を殺していたとしたら……？」――と。


とても、悲しい目だった。

リナのその目を見て、ボクはやっと二人の間にある問題を理解するに至る。たしかに、ボクはエリオさんの過去に何があったかを知るわけではなかった。もしかしたらリナの言葉は真実で、エリオさんは誰かの命を奪ったのかもしれない。

自分の命の恩人が、自分の仇かもしれない。

だとすれば、彼女の悲しみは計り知れないのだろう。だから、

「大丈夫だよ。仮にそうだとしても――」

ボクはリナの目を見つめ返して、優しく頭を撫でた。

精一杯の笑顔で、告げる。

「――エリオさんは、理由もなく人を殺《あや》める人じゃない」

少女が、息を呑《の》むのが分かった。

声を必死に出そうと喉を震わせているのに、言葉を発することができていない。おそらくは、その発言をすることに躊躇《ためら》いを覚えているのだろう。

だとするなら、リナにはまだ迷いがあるに違いなかった。

「……ねぇ、リナ？　少しでいいんだ」

「え……？」

ボクは少女と目線を合わせて、こう提案する。

「少しで良い、ボクを信じてほしい。……彼女と、話をさせてほしい」

真っすぐに、潤んだ円《つぶ》らな瞳を見つめて。

するとリナはうつむき、肩を震わせて黙り込んだ。しかし、静かに言った。

「……分かり、ました」

ほんの微かにだけど、たしかに頷《うなず》いて。

ボクは彼女の答えを受け止めて、覚悟を新たにした。

これは、責任重大だ。二人が少しでも前に進めるように、ボクは全力を尽くそう……！

◆

――私は正直、分からなくなっている。

恨みの感情があるのは確かだった。唯一の肉親を奪われた憎しみは、耐えられないもの。

それなのに、どうしてだろうか。いまの私には彼女があの時、泣いていたように思えたのだ。涙は流さず、淡々とした口調だったにもかかわらず。

あの人は、本当に泣いていたの……？

姉の亡骸を抱きしめながら、深い悲しみに包まれていたというのだろうか。

「ねぇ、お姉ちゃん……」

その際に、形見として渡された簪を見る。

安っぽい装飾だが、とても大切な姉の生きた証明だった。

「本当は、なにがあったの？」

私はそれに問いかける。

散歩をすると言って出た街の中で、ふと立ち止まって空を見上げた。

もしかしたら、私はまだ何かしらの大きな見落としをしているかもしれない。

「話してみたい。彼女と、エリオさんと……！」

ゆっくりと、深呼吸を繰り返す。

そして、彼女を探すために駆け出すのだった。

◆

日差しも頂点から傾き始めた時間帯。

ボクはエリオさんと鍛錬を行っている、いつもの場所へ向かった。休日の彼女は決まって、ここで身体を動かしている。だとすれば、今回もきっと……。

「あぁ、やっぱりここにいた！」

「……クレオ？」

やはり、エリオさんの姿はいつもの滝の前にあった。

声をかけるとやや遅れてこちらを振り返る彼女は、片手に剣を握り締めて額に汗をにじませている。どうやら想像の通り、鍛錬に励んでいたようだった。

「探していたんです。少し、話したいことがあって」

「そ、そうなのか」

「……ん、どうしたんですか？」

「あ、いや……」

しかし、交わす言葉にどこか引っ掛かりがある。

これといって気にするほどでは、ないのかもしれない。それでもエリオさんがやけに周囲に注意を払っている姿が、印象に残った。

その原因というのは、もしかしたら、リナのことにあるのかもしれない。

「リナは、連れてきていませんよ」

「そう、か……」

そう考えて、ボクはあえて彼女の名前を口にした。

すると図星だったのだろう。エリオさんは一つ安堵したように、大きく息をついてから自嘲気味な笑みを浮かべるのだった。

彼女のそんな表情を見て確信する。

やはりエリオさんとリナとの間には、少女が口にしたような問題があるのだ、と。そして、こちらがそれを察していると把握したのだろう。

「聞きたいことが、あるのだろう？」

エリオさんはそう言うと、静かに剣を鞘《さや》に仕舞った。

そして手招くように、水際へと向かう。ボクが後について行くと、彼女はちらりと、肩越しにこちらを見てからゆっくりと腰を下ろすのだった。

言葉にせず、隣に座るよう促されている。

そう感じたボクは、若干の緊張を胸に彼女と同じくした。

「どこまで、聞いたんだ？」

「………エリオさんが、リナの姉を殺したのかもしれない、というところまで」

ここまできて、包み隠すのは無意味だろう。

そう思って素直に口にすると、エリオさんが静かに息を呑むのが分かった。

「あぁ、やはりな……」

そして、ゆっくりと。

どこか緊張を解こうとしているように、そう漏らしながら息をついた。その後ボクたちの間には沈黙が降り立ち、それを頑張って埋めるように、流れ落ちる滝の音が響き渡る。

こちらから、無理に催促することはしなかった。

あくまでエリオさんの言葉で、ペースで、本当のことを教えてほしかったから。

「――アタシには、姉がいたんだ」

そうして、ようやく語られたのは不思議な内容。

「……姉？」

「ははは……。いや、正確にいえば『姉のような人』だな」

リーディン家にいた子供は女子一人だけ。

その情報との食い違いに思わず訊き返すと、エリオさんは少しだけおどけたように訂正した。そして目の前にある水面をジッと見つめて、懐かしむように語り始めた。

「年齢は、いまのリナと同じくらいだな。外見にもどこか、面影がある。――実は最初、ダンジョンの中で見かけた時には驚きのあまり、身を隠してしまったよ」

もしかしたら、自分は幻を見ているのかもしれない。

そうとさえ思ったと、エリオさんはどこか沈んだ声で語った。そして、

「リナの、あの子の話した通りだ。アタシがこの手で、セナを殺した」

今まで憶測でしかなかったものを肯定する。

エリオさんは明確に、リナの姉――セナの殺害を認めたのだった。

「…………まだ、憶えている。忘れようとしても、忘れられるはずがなかった。あの子の胸をカタナで貫いた生々しい感触、そして冷たくなっていく身体のことを」

「エリオさん……」

ボクは眉をひそめて、静かにその話に耳を傾ける。

彼女の言葉はその口数以上に、セナの最期を如実に語っているように思えた。それと同時に、その少女の死が、いかにエリオさんにとって大きな出来事だったのか、ということも。

何故なら、彼女の肩は静かに震えていたからだ。

「アタシの手は汚れている。この手は、咎人《とがびと》の手だ……」

そのことに、本人は気付いていないのかもしれない。

水面に映るぎこちない笑みを浮かべた自身と、セナを覚えて震える手を見つめながら。エリオさんは己を咎人だと表現し、幾度となく、その心に刃を突き立てていた。

そんな彼女を見ていられずに、ボクは思わず声をかける。

「……でも、なにか理由があったんでしょう?」

その問いかけは、あまりに荒唐無稽にも思われた。

しかし、そうでなければおかしい。

「理由、か……」

そうでないと、ここまで怯《おび》えたように震えるなんてことはない。

普段のように気丈な振る舞いをしながらも、すぐにでも泣き出しそうな子供のような顔をするなんてない。それなのに、彼女はこう続けるのだった。

「そんなもの、ないさ。……アタシが、セナを殺したんだ」

「でも……！」

思わず声を上げる。

すると、次に叫んだのは――。


「事実は変わらない！　セナを殺したのはこの手だ！　未熟で情けないアタシが、殺したんだ‼」


――エリオさん、だった。

彼女は声を荒らげて、鬼気迫る、という言葉通りの表情でそう叫んだ。そしてそのまま立ち上がって、ボクに背を向ける。

「だから、アタシは強くならなければいけない」

「え……？」

次に出たのは、どこか突拍子もなく思える言葉だった。

大きく肩で息をするエリオさんの寂しい背中を見ながら、ボクは意図が分からず訊き返す。そうすると、彼女は歩き出しながらこう言うのだった。

「悪いな、クレオ。……『我』はもう少し、鍛錬してから帰る」

瞬間、寒気がする。

何故なら今の彼女から感じたのは、出会った頃のような危うさだったから。しかし、こちらが呼び止めようとするより先に、エリオさんは駆け出してどこかへ行ってしまった。

「エリオさん……？」

ボクは彼女がいなくなった場所で、一人その名前を口にする。

そして、流れ落ちる滝の音がそれを掻《か》き消すのだった。

◆

「――クレオさん！」

「リナ……？」

王都に戻ってくると、すぐにリナがボクのもとへと駆け寄ってきた。どうしたのだろう、と思って首を傾げていると、彼女は息を切らしながらこう言う。

「私もエリオさんと、ちゃんとお話ししたくて！　それで……！」

「お、落ち着いて。でも、どうして……？」

ボクは少女の心変わりに驚きつつ、努めて冷静を装ってそう訊ねた。

するとリナは、額の汗を拭ってから答える。

「私、思ったんです。もしかしたら――」

自分が抱いてきた気持ち。

それと一度、決別するようにして……。


「エリオさんは、私の思っていたような人ではないかもしれない、って!」――と。


声はまだ震えていた。

それでも、リナは向き合うと決めたのだろう。

自分の姉を殺したかもしれない相手に対し、そう考えるのは相当の決意が必要だったはず。だからこそ、ボクはエリオさんのことを包み隠さず伝えることにした。

「……分かった。それなら――」

いまのリナなら、拒絶することはきっとない。

ボクがエリオさんに抱いた違和感を共有し、考えてくれるに違いなかった。

「殺したのは間違いない。でも、クレオさんの言葉を信じるなら……」

「うん。絶対に、なにか理由があるに違いないんだ」

「…………」

「……リナ?」

　ボクの話を聞いて、少女はなにやら考え込む。どうしたのかと名前を呼ぶと、リナはハッとした表情になり、首を大きく左右に振った。

「な、なんでもないです！　ただ、やっぱり妙な感じですね」

「……そう、だね。だったら明日、もう一回エリオさんと話をしよう」

「そうですね！」

　こちらの言葉に、彼女は同意する。

「だったら、ひとまず宿に――」

　今日のところは帰って、休むことにしよう。

　そう、提案しようとした時だった。

「よう、久しぶりだな。クレオ！」

「え……？」

　よく知っている男性の声が聞こえたのは。

「もしかして、アルナ？」

「おう、ようやく見つけたぜ」

　そして、その声のした方へと振り返る。

　するとそこにいたのは、かつて共に剣の鍛錬に励んだ少年騎士だった。

# 第2章　禍根。

「まったく。宿にいないから、結局あっちこっち探すことになったぜ」

「それは、とりあえず申し訳ないんだけど。アルナがボクを訪ねてくるなんて、いったいどういうことなの？」

拠点にしている宿に戻って、ボクとアルナは談話室で話していた。

リナはこちらを優先して部屋に戻り、他の仲間たちは各々出払っているらしい。そんなわけで、ボクはもはや懐かしさすら覚える友人と一対一で話すことになった。

しかし、彼がここを訪ねた理由が分からない。

場所はマリンから聞いたとして、いったいなんの用だろうか。

「……単刀直入に、良いか？」

「え、うん……」

そう考えていると。

彼はボクの心を読んだかのように、そう話を切り出した。そして、

「改革が、始まったんだ」

「……改革？」

次に出た言葉を聞いて、こちらはまた首を傾げることになる。

改革、というのはいったい何なのか。アルナの話は先ほどから、要領を得ない上に寝耳に水だった。そんなボクの表情を見て、彼は「やっぱりな」と、口角を小さく上げる。

そして、姿勢を正し真剣な表情で話し始めた。

「俺たちは学園を卒業してから、方々の有力貴族や騎士家系、さらには大臣たちに根回しをして回ったんだ。それはすべて、評価されるべき人材を正当に評価するためだ」

アルナの視線は、真っすぐにボクを捉えている。

対して、こちらは思わず真顔で答えた。

「え、それでどうしてボクに会いにきたの……？」

「本当にお前は、座学はできるのに変なところで抜けているというか、鈍いというか……」

――え、それはどういうこと？

失笑という表現が、そのまま当てはまる反応を示した学友。

ボクはそんな彼に首を傾げるしかできず、その様子を見た相手はむしろ、安堵《あんど》したような雰囲気でこう言うのだった。

「全部、お前を連れ戻すためだよ。……クレオ」――と。

本当に、優しい声色だった。

本心からの言葉。冗談などは微塵《みじん》もない、素直な言葉だった。

「ボクを、連れ戻す……？」

「俺はずっと考えていたんだ。この国に必要なのは何か一つに特化した才能ではなく、総合的に秀でた力を持ち、その道のエキスパートとされる誰もが能力を認め、周囲をまとめることができる人間だ、ってな。それは、つまり――」

アルナはもう一度、真っすぐにボクを見て口にする。

「お前の力が、この国には絶対に必要なんだ」

生まれや育ち、身分や人脈などに拠《よ》るものではない。

ただ純粋に、彼はボクという人間の能力を評価してくれているのだと分かった。

「俺としては、まずクレオに騎士団の団長になってもらいたいと考えてる。一緒に騎士団を変えてから、その後に俺がお前をもう一段上に押し上げるんだ」

「き、騎士団団長……!?」

しかし、あまりに突飛と思える提案にボクは困惑する。

公爵家を勘当、廃嫡されたあの日から。自分の居場所はなくなって、でもだからこそ知ることの

できた世界があった。

そして――。

「……ごめん、アルナ」

新しい場所で、自由に生きたからこそできた仲間たちがいた。

もし、ボクがここでアルナの話を受け入れたとしたら。残されたキーンやマキ、そして今まさしく苦しんでいるエリオさんのことはどうするのか。今まで一緒に戦って、困難に立ち向かってきた仲間を無視することなんて、ボクにはできなかった。だから、

「ボクは、戻らないよ」

答えは最初から、決まっていたのだろう。

ボクは自分でも驚くほど素直に、その言葉を口にすることができた。

「……あぁ。やっぱり、な」

もしかしたら、アルナもその答えを予想していたのかもしれない。

残念そうな口調でありながらも、どこか満足げな表情で、少年騎士は頭の後ろで腕を組んで大きな欠伸《あくび》を一つ。ボクのよく知る気だるげな彼に戻って、悪戯っぽい笑みを浮かべた。

「マリンから、話は聞いていたからな。お前ならそう言うと思っていた」

「うん、本当にごめ――」

「……でも、な？」

「――ん？」

こちらが謝罪を口にしようとした時だ。

アルナは、いつもの調子でこう続けるのだった。

「俺はまだ諦めない。いつかきっと、お前と一緒に戦える日を、な」――と。


無邪気な少年に裏表はない。

ただただ純粋に、彼はボクという人間を評価してくれていた。だから、これほどまでに真っすぐな気持ちをぶつけてくれるのだろう。

「まぁ、今日いきなり決めろ、とは言わないさ。他の奴らとも話をして、その上で返事をしてくれたらそれでいい」

「アルナ……」

清々しいまでの言葉に、ボクは思わず呆《ほう》けてしまった。

「今日のところは一度、帰る。また、近いうちに答えを聞きにくるからな」

「…………」

だからボクは、宿を出ていくアルナの背中を見送ることしかできない。談話室に一人残されて、様々な考えが頭の中を駆け巡ることとなった。

そんな時だ。

「クレオさん、どうされました？」

「……あ、キーン」

最初に仲間となった青年が、宿に帰ってきたのは。

ボクは覚悟を決めるようにしてから、キーンにこう返した。

「あぁ、少し懐かしい人に会ってね。それで、少し話があるんだ」

「話、ですか……？」

そんなこちらの様子に気付いたらしく、彼はほんの少しだけ目を細める。そしてすぐに、なにかを思い出したように後方を振り返るのだった。

「どうしたの？」

「え……あ、いえ――」

こちらの問いかけに、エルフの青年は答える。

「つい先ほどまで、エリオと一緒だったのですが……」――と。

◆

「それは良いではないですか？　私としては、クレオさんの力が認められて嬉《うれ》しい限りです」

「えっと、僕もそう思います！」

　ボクはひとまずキーンと、やや遅れて宿に顔を出したマキに事情を説明した。すると、二人はあたかも示し合わせたかのように答える。

　それについて、こちらが驚いているとキーンが言った。

「おそらくですが、クレオさんを過小評価しているのは一部の人と、もしかしたらクレオさん自身なのかもしれません。少なくともパーティーのメンバーは、貴方のことを尊敬しています」

「僕たちのパーティーがあるのは、クレオさんのおかげなのです！」

「そう、なの……？」

　ボクは二人の言葉に、アルナの時と同様に困惑する。

　どうにも自分は、褒められることになれていない。だから、こうも面と向かって称賛の言葉を受けると気恥ずかしさが顔を出してきた。

　しかし、それで話を止めるわけにはいかない。

　ボクは咳払《せきばら》いをして考えた。そして、

「……それだったら、なおのこと放り出せないよ」

小さく、そう伝える。

ボクがアルナの申し出を受けるということは、すなわちパーティーを離脱するということだ。このように自分を認め、慕ってくれる人たちがいる。だとしたら、それをここで投げ出すのは無責任であるように思われた。

だがしかし、それを察したように二人がまた言うのだ。

「それなら、大丈夫ですよ。クレオさん」

「はいです！」

声を揃《そろ》えた二人は互いを見て、キーンが代表して続ける。

「私たちは、私たちが認めた人が必要とされるのなら、それ以上に嬉しいことはありませんから。なんだったら、いつかは追いついてみせようという、励みになりますよ」――と。

曇りなき笑顔で。

彼の言葉と同意見だったのか、マキもいつもより明るい笑みを浮かべる。

「二人とも……」

「それはきっと、エリオも同じ意見なのではないですかね」

キーンはこの場にいない彼女の気持ちを代弁し、ふとテーブルに置いてあったお茶を啜《すす》った。そこでようやくボクは、リナとエリオさんの問題を思い出すのだ。

　そして、もうすでに日も落ち切ってしまっていることに気付く。

「エリオさん、今日は遅いね……」

　昼に見た異様な雰囲気のエリオさん。

　あの時の彼女は、とても追い詰められているようであった。すると深い意図はないだろうが、マキが窓の外を見てこう口にする。

「雨、降ってきそうですね」

　見れば夜空に、分厚い雲がかかり始めていた。

　何気ない少女の一言であったが、それにボクの胸は異様なざわめきを覚える。そしていてもたってても居られず、急いで立ち上がって宿を出ようと駆け出した。

「クレオさん、どうしたのですか⁉」

「エリオさんを探してくる！」

　驚くキーンに短く答えて、ボクは夜の街へと向かう。

　月を覆い隠した暗い雲はすでに、小さな雨を降らし始めていた。

◆

――夜更けのこと。

アルナは自身の屋敷、その自室で身を休めていた。

ベッドに寝転がり天井を見上げて考えるのは、今日久しぶりに再会を果たしたクレオのこと。彼は相も変わらず自分の価値を理解していない様子だった。

クレオのそんな態度がもどかしく、またどうにも歯痒《はがゆ》く思う。もっとも、今まで評価されるような立場に置かれたことがないのだから、あの反応も仕方ない側面があった。

だがしかし、

「ホントに間抜けなのか、無欲なのか……」

そうだとしても、元学友に対してそう思ってしまう。

彼はやはり、彼のまま。そのことに喜びもあったが、ほんの少し残念でもあった。貴族という枷《かせ》から解放されて、実力至上主義の冒険者という立場になったのだ。もう少し、自分の能力に自信を持つようになっていてもおかしくない。

だが現実は、アルナが尊敬の念を抱く以前の彼のまま。

だからこそ嬉しい反面、残念な気持ちがあるのだ。良くも悪くも、というところか。何はともあれ、今日の成果は一定の基準以上ではあった。

そのことに満足しながら、

「………なぁ」

ひとまずアルナは身を起こして、

「誰だ？　――そこにいるのは」

おもむろにそう口を開いた。

静寂の中に、彼の声が広がっていく。

そして、それに呼応するように現れたのは――。

「………」

黒装束の、男女の区別のできない人物だった。

手に持つのは一本の剣。血液の付着していない綺麗《きれい》な刀身。どうやらまだ、誰も斬っていないようだ。騎士団副団長の屋敷ということもあり、警備は厳重に敷かれている。アルナほどではないにしても、その者たちは騎士団の中でも手練れとされていた。

「なるほど、な……！」

だが、そんな人々を相手にして命を奪わない戦いをしている。

それはつまり、この侵入者には相応の余裕と同時に――。

「狙いは俺だけ、ってか」

標的のみを殺害するという確固たる意志がある、ということだった。

「面白れぇ、きやがれ！」

アルナは枕元に置いてあった護身用の剣を手にする。愛用しているものではないが、賊を一人退けるには十分。そう考えつつ抜き放ち、それを構えた。

無邪気な、悪戯小僧そのものの笑みを浮かべて。

「少しだけなら遊んでやるぜ！」

賊に対してアルナはそう叫んだ。

「――――――ッ！」

その直後、短い呼吸の音だけを発して賊は動き始める。

家具などの障害物を必要最小限の動きで避《よ》けつつ、瞬く間にアルナへと肉薄した。最速かつ最短で強襲を受けた少年は、想定以上の出来事に思わず口角を上げる。

振り下ろされた剣を受け止めながら、微かに身体を傾けた。

勢いを異なる方向へ逃がし、襲撃者の体勢を崩す。

「へぇ……？」

だが、相手は彼の予測をさらに上回った。

威力を削がれ、体勢崩れたかに見えた賊は即座にアルナの身体を蹴る。その反動によって、縮まっていた距離は一気に離れることになった。むしろ、次に危険なのはアルナの方だろう。

ほんの僅かではあるが、腹部を蹴られたことによる体勢のズレがあった。

ここまで想定を超えてきた襲撃者が、それを見逃すはずがない。

「――――」

声はない。

しかし、一気呵成《いっきかせい》とばかりに距離を詰めた賊は的確に下段から剣を振り上げた。普通であれば回避はおろか、防ぐことも難しい一撃に違いない。

それでも――。

「なめ、るなよ……!?」

世界最高の剣士と呼ばれる少年騎士は、強く足を踏ん張ることで受け切ってみせた。至近距離で互いの呼吸を聞きながら、アルナと襲撃者はそれぞれに危機を察したらしい。

同時に後方へと下がって、仕切り直すように剣を正面に構えた。

「なるほど……?」

その最中に、少年の口元に浮かんだのは嬉々《きき》とした微笑み。

何かに気付いた彼は一つ息をついてから、次は自分からといった様子で相手に斬りかかった。

「――――」

――しばし、剣の打ち合う音だけが響く。

流れるような美しい剣筋なのは、襲撃者。対して意表を突くような角度から剣を振るうのは、アルナだった。二つの異なる、しかし共に芸術的な戦い。

観客がいないことが残念に思われるほどに、惚《ほ》れ惚《ぼ》れとする剣舞だった。

「ふっ――！」

「――――！」

アルナの一打。

襲撃者の一打。

ともに、重さは等しいだろう。

時折漏れる息遣いに、二人の喜びさえも透けて見えた。これほどの相手と手合わせする機会は、まずないと言って良いのだから。

しかし、その最中で唯一アルナが相手に語り掛ける一幕があった。

「ずいぶんと、腕を上げたじゃねぇか」

鍔迫《つばぜ》り合いになった、その時である。

アルナは静かに、落ち着いた声色で相手の名を口にした。

「……エリオ」――と。

◆

嵐の中ボクは走っていた。

胸の中に、言葉にしがたい予感がある。ただ予感と一口に言っても、決して良いものではなかった。根拠はない。それでも今日の出来事を繋《つな》げて考えた時に、思い浮かんだのはエリオさんの追い詰められたような言葉と表情だった。

曇天から降雨に移り変わり、全身を打ち付ける雨がまた焦りを生む。

街をただがむしゃらに駆け回って、エリオさんを探す当てのない時間だけが流れていった。

「くそ……！　なにか、エリオさんの手掛かりはないか⁉」

元々、根拠のない捜索だ。

もしかしたら、彼女は何事もなく宿に戻ってボクの帰りをみんなと待っているかもしれない。いや、普通に考えたらそっちの確率の方が高いように思われた。

それでも、急がなければ危険だと、直感が告げている。

その直感を基にして、ボクは必死に可能性を考えた。すると、

「……そういえば！」

思い出したのは、キーンが不思議そうに口にした言葉。

『つい先ほどまで、エリオと一緒だったのですが……』

それは、彼が宿に到着した際に口にしたもの。

つまりはその直前まで、エリオさんはキーンと一緒に宿へ向かっていたのだ。だが突如として姿を消し、あの時間まで行方知れずとなってしまった。

――考えろ、考えろ考えろ考えろ！

「その前には、何があった？　何が――」

全力で走りながら、ボクは宿でのことを思い返した。そして、

「……まさか⁉」

一つの可能性にぶつかる。

だけど、彼女が今更そのような行動を取るだろうか。

「いや、今はそれよりも急ごう！」

そこまで考えてから、ボクは止まりかけた足を再び動かし始めた。向かう先は、世界最高の剣士であり、騎士団副団長であるアルナの屋敷だ。

もしこの予想が正しいなら、最悪の事態が考えられるが……。

「…………あ！」

もうすぐ、彼の住む屋敷に到着しようかという頃合い。

ボクの前に傷を負った人物が現れた。駆け寄り、倒れこんだその人の傷を確認する。そして懸命に治癒魔法を施しながら、

「エリオさん！　――大丈夫ですか、エリオさん‼」

ボクは、必死に彼女の名前を叫んだ。

◆

「親父！　それはどういうことだよ‼」

「何度も言わせるな、アルナ。お前に負けたことで、リーディン家は取り潰しになるのだ。これは国王陛下が定めたことであり――」

「バカ野郎⁉　だから、どうしてそれを先に言わなかった‼」

物凄い剣幕で、アルナは父に詰め寄った。

それもそのはず。自身の決闘の結果、リーディン家が没落するなど――当時のアルナは知らなかったのだから。彼はただ純粋に、剣士の誇りをかけた戦いと聞かされていた。両家の意地と意地のぶつかり合いであり、これまでのすべてを賭けた戦いである、と。

そのはず、だったのに。

すべてが終わってから、真実を聞かされた。

憤慨して然るべき状況だった。

「それじゃあ、アイツはどうなるんだよ……！」

「アイツ？　誰のこと――」

「惚《とぼ》けるんじゃねぇ‼　エリオ・リーディンのことだよ‼」

ただそれ以上に、アルナには腹立たしいことがある。

エリオのことだった。彼は先の決闘で、彼女の剣技に感服した。

自分とは違い、基本に忠実――それ故に型に嵌《はま》りすぎる嫌いはあったが、それを除けば自分と並び立つ初めての相手。自分とはある意味で真逆を行く剣術の使い手であり、アルナはあの少女がこれから己の好敵手になると、そう思っていた。

そのはず、だったのに。

生まれて初めて剣を振るった日以来、久々の胸の高鳴りはもう――。

「もう遅い。リーディンの奴らは、すでに王都を去った」

「…………っ⁉」

――叶《かな》わない。

もう、何もかもが手遅れだった。

まだまだ小さな少年だったアルナには、何もできない。

「いいな。此度《こたび》のことは忘れろ。それがお前のためであり――」

彼の父は、どこか無感情な声で告げる。

「我ら、クレファス家のためでもある」――と。

◆

「あぁ、畜生……」

屋敷の医務室。

家臣や警備を務めていた騎士たちの慌ただしい声が、無遠慮な大きさで響き渡っていた。どうやら自分は、らしくもない深手を負い治療を受けていたのだと、アルナはすぐに理解する。

自室のそれとは違い、どこか堅いベッド。

それからゆっくりと身を起こして、周囲の者たちに下がるよう指示を出した。誰もが不安げに彼を見てきたが、今はとかく一人になりたい。そう伝えて、無理矢理に部屋から追い出した。

窓の外からは、先ほどの喧騒《けんそう》に負けないほどの雨音が響いている。

「……………」

窓を打つそれを見て、しばしアルナは何かを考えていた。

そして、こう呟《つぶや》くのだ。

「クレファス家の責任は、俺が取る」――と。

外とは対照的に静まり返った一室。

そこで少年騎士の口から漏れた小さな声。

アルナの瞳には、たしかな決意が宿っていた……。

「とりあえず、一命は取り留めたって」

「そうですか……」

　エリオさんを連れて、宿に到着した後のこと。

　急遽《きゅうきょ》マリンにも助けを求め、マキと二人でエリオさんに治癒魔法をかけてもらった。その甲斐《かい》あってか、彼女の呼吸も安定。脈も落ち着いてきたし、回復まではそう時間がかからないだろうと思われた。

　その場に居合わせた全員にそう告げる。すると、各々に安堵《あんど》の表情を浮かべていた。

「………本当に、よかった……！」

　その中でも、最も安心したのはリナだっただろう。

　彼女にとってエリオさんは自身の姉との繋《つな》がりを持つ人であり、過去の真相を知る数少ない人物の一人だ。ただそれ以上に、向き合いたいと願った相手でもある。

　心の中はさすがに覗《のぞ》けないが、少なくともエリオさんの無事を喜んでいるのは間違いなかった。

「ねぇ、リナ……？」

「はい……？」

ただボクには、そんな彼女に訊《き》いておきたいことがある。

今この場所で訊《たず》ねることには抵抗があるが、いまのうちにハッキリさせておきたかった。

「キミはまだ、エリオさんを殺したいほどに憎んでいるのかな」

「…………！」

こちらの問いかけに、ハッと息を呑《の》むリナ。

そして彼女は困ったような表情を浮かべた後に、うつむいてこう言うのだった。

「……分から、ないです」

そこで、緊張の糸が切れたのだろう。

「分からないんです……！　私はもう、どうしたら良いのか……!!」

少女は肩を震わせ、大粒の涙を床に落としながら続けた。

「ずっと、エリオさんがお姉ちゃんの仇《かたき》だって信じて生きてきました。どうしてお姉ちゃんが死ぬことになったのか分からないなら、エリオさんを憎むしかない。そう考えていないと、私は正気を保つことができなかったんです……!!」

「…………」

ボクはキーンやゴウンさんに視線で、二人きりにしてもらうよう合図した。

すると彼らは事情も聞かず、静かに頷《うなず》いて部屋を出ていく。ボクは落ち着くよう、彼女の背中を優しくさすりながら、近くにあった椅子に腰かけるよう促した。

そして、泣きじゃくるリナの頭を撫《な》でる。

「大丈夫だよ。キミはまだ、何もしていないんだから」

「でも、でも……！」

なだめるように伝えるが、良心の呵責《かしゃく》が大きいに違いなかった。

あるいは、とにかく自分の気持ちに整理をつけられずに惑っているのかもしれない。だけどそこまで心を揺さぶられるのは、それだけお姉さんを愛していたから、だろう。

「本当に、大好きだったんだね。お姉さんのことが」

「うっ……うぅ……！」

心の底から、お姉さん――セナのことが、大好きだったから。

今まで信じてきたものを覆すことが、怖くて仕方ない。それはきっと当たり前のことで、自分の足元が消えてしまうような感覚であろうと思われた。

だけど同時に、リナはいま事実と向き合おうとしている。

そして、もしかしたらその中に、この悲しい物語の真相に迫る鍵があるかもしれなかった。

「そうだね。だったら少しだけ、お姉さんの話を聞かせてくれないかな……？」

「お姉ちゃん、の……？」

出来事を順番に追っていこう。

そんな考えも込めて、ボクはリナに提案した。

「……分かり、ました」

すると少女は静かに深呼吸をしてから、

「これは、クレオさんにだけお話ししますね」

そう前置きをしてから、語り始めたのだった……。

◆

「ねぇ、お姉ちゃん！　これ、みて！」

「どうしたの？　リナ」

極東にある街――アルカ。

そこから少し離れた山の中に、ヴァーナと呼ばれる獣人族の少女たちは住んでいた。

幼くして両親を失った姉妹は、互いに力を合わせて一生懸命に生きている。リナは二つ年上の姉――セナのことを心の底から、愛していた。毎日、自分のためにたくさんのことをしてくれる。炊事に洗濯、その他にもたくさん。

　姉の頑張ることの先には、常に自分という存在があったと今なら分かる。

　もちろん、たまに怒られて怖い日もあったけれど……。

「えへへ、これ！　花飾り！」

「へぇ、凄い！　これ、リナ一人で作ったの？」

「うん、そうだよ！」

　だから、せめてもの贈り物を。

　リナは手作りの花冠を姉に手渡した。

　これは、本当にささやかな暮らしを送る姉妹の間に起きた出来事。


　冬の足音も近付き、寒さが強くなってきたある日のことだった。

「お前が、セナ……か？」

　二人のもとに、一人の客人が現れたのは。

　初老の男性だ。雨が降っているわけでもないのに、傘をさして顔を隠しているその人物はどうやら、セナに話がある様子だった。得も言われぬ緊張感が場を包んでいる。

「お姉ちゃん……？」

そのことは、幼いリナにも理解できていた。

「……大丈夫だから。リナは、少し遊んでおいで？」

それにもかかわらず、セナは柔らかい笑みを浮かべて妹にそう告げる。そして怪しげな男性と、二人きりで何かを話し始めた。アルカの街での仕事の話だろうか。

物陰に隠れて盗み聞こうとしたが、聞こえてきた内容はどうにも曖昧だった。

「それでは、後日……」

「……はい！」

最後に、姉が明るい笑みを浮かべたのを記憶している。

「ねぇ、お姉ちゃん……？」

男性が去ってから。

リナは話を終えた姉に、不安げな声をかける。

するとセナは、どこか考え込んでからこう言うのだった。

「ねぇ、リナ？　明日からは、一緒にご飯作ろうか！」

「え……⁉」

それは、意外なこと。

今までは火を扱うのは危ないからと、妹には何もさせなかったセナだ。

それが、どうしたというのだろうか。笑みを浮かべながら、そう提案してきた。あまりにも突然のことに、リナは一瞬だけ困惑するが――。

「……うん！」

大好きな姉に認めてもらいたい。

その一心で、元気いっぱいに頷くのだった。

だが、この時のリナは知らない。

これが悲劇の始まり、そのための準備だったのだとは。

「お姉ちゃん！　ご飯できたよ！」

そして、その日は突然に訪れた。

すっかり自炊ができるようになったリナ。そんな彼女が、いつものように昼食を作り持ってきた時だった。ダイニングに姉の姿はなく、どこか閑散としている。

少女は首を傾げて、姉のことを探し始めた。

「お姉ちゃん、どこ……？」

外に出る。

するとそこに立っていたのは姉と、もう一人――。

「だ、れ……？」

黒服の、一言で表せば賊といえる男性だった。

覆面で顔を隠し、得体が知れない。リナはその不気味さに震えた。

しかしセナはどこか悟ったような表情を浮かべて、こちらに歩み寄ってくる。そして、リナの頭を撫でてふっと微笑むのだ。

「私ね、これからは貴族様の家で奉公することになったの」

「え……？　どうして、急に？」

「…………」

困惑するリナ。

彼女のことを無言で抱きしめる姉。

何が起きているのかは、分からない。だがこれで、彼女とはしばしのお別れのようだった。

「ごめんね、リナ。私、頑張ってくるから……」

「……お姉、ちゃん？」

残されたのは、そんな言葉。

意味が分からない。もう、なにもかもが分からなかった。

それでも、大好きな姉が頑張るといっている。それならリナは――。

「――うん！　頑張ってね、お姉ちゃん!!」

笑顔で見送ることにした。

別れは突然に訪れる。意味も分からずに、理由も告げずに。


そして、月日を経て。

忘れもしない、雨の降りしきる只中《ただなか》でのこと。

リナのもとに帰ってきた姉の姿は、変わり果てたものだった……。

◆

「それで、その時に現れたのがエリオさん……？」

「だったと、思います。ただ私には、なにが起きたのか分からなくて」

ボクの言葉にリナは首を左右に振りながら。

とても悲しい目をして、言うのだった。

「ただ与えられた言葉をそのまま、呑み込むことしかできなかったんです……！」

今にも泣きだしそうな声で。

何が正しいのか、何が起きているのか分からないといった風に。

「何も考えず、ただ与えられた情報を信じて。私はアルカから、この王都にやってきました」

リナはきゅっと服を摑《つか》み、唇を嚙《か》んだ。そして語るのだ。自分がこの場所を目指したのは、エリオさんがこちらへ向かったと聞いたからだ、と。

その理由は、ただ一つ。

「そして、どうにか自分の手で……」

大好きな姉の仇を討つために。

それなのに、どうしてこうなったのだろうか。

実際に出会った彼女は親切で、とても優しい女性で。ダンジョンで命からがら逃げ惑うリナのもとに颯爽《さっそう》と現れ、魔物の群れから守ってくれた。

リナにとって、エリオさんは命の恩人でもある。

残忍で冷酷だと、そう信じてきた相手。もしかしたら、それは自分の思い込みでしかなかったのかもしれない。ただ、それを判断するには少女の持つ情報はあまりに少なくて……。

「クレオさん、私はどうすれば良いんですか……？」

リナはとうとう、ボクに答えを求める。

そして、頭の中がぐしゃぐしゃになったのだろう。大粒の涙を流した。

彼女はもう、なにを信じて良いのか分からない。自分の見た無残な姉の姿と、エリオさんの言葉を信じるべきなのか。それとも――。

「あれ……？」

そこまで考えて、

「ちょっと待って、リナ」

「え……？」

ふと、気になることがあった。

それはあまりにも単純で、不思議なこと。それとは、

「リナは、誰からエリオさんの行方を聞いたの？」

すっぽりと抜け落ちていた重要な情報。少女が誰から経緯を聞いて、エリオさんを追うことになったのか、というものだった。

そのことに気付いたのか、リナもハッとした表情を浮かべる。

「そういえばあの人、お姉ちゃんと話していた人と同じでした。それで、たしか名前は――」

そして、必死に記憶をたどりながら。

リナはその名前を口にした。

「クラディオ、だったと思います……！」――と。

ボクはその名を聞いて、眉をひそめる。

「クラディオ、だって……⁉」

何故ならその名前には聞き覚えがあったから。

その名前は、たしか――。

「リーディン家、最後の当主……！」

何かが嚙み合い始めた。

しかし同時に、一つの因縁が動き始めたように感じられた。

◆

クラディオ・リーディン。

決闘の末に取り潰しとなったリーディン家、その最後の当主。

つまりはエリオさんの父親であり、最もクレファス家を恨む者だった。そんな彼が今もなお、裏で手を引いているのだとしたら……。

「いったい何を……?」

降って湧いた可能性に、ボクはしばし考え込む。

出会った当初の彼女はたしかに、アルナという存在に執着していた。しかし、これまでの日々で少しずつ、その思いは薄れていったはず。

いったい何を契機として、その感情が顔を出したのか。

いいや、それはもう考えるまでもなかった。クラディオという存在が、どこかのタイミングでエリオさんに接触したに違いない。と、いうことは——。

「クラディオは、すでに王都に潜んでいる」

そう考えるのが、妥当だろうと思えた。

だが、それを決定付けるための証拠のようなものはない。ただそれはあくまで、彼女から話を聞くまでの間だけ。エリオさんから事情を聴くことができれば、すべては一本の線で繋がると考えられた。

「ふぅ……」

まだ眠っているだろう彼女には酷だと思ったが、仕方がない。

ボクは一つ息をついてから、エリオさんの寝ている部屋の扉を数回ノックしてから開いた。

「エリオさん、体調は――」

でも、どうやら一歩遅かったらしい。

「――エリオ、さん？」

彼女の姿はそこになかった。

窓が開け放たれており、カーテンが風に揺れる。

そして、部屋の中央に忘れ去られたかのように残されたのは……。

「これは、簪《かんざし》か……？」

一つの綺麗《きれい》な髪飾りだった。

貝殻で作られたそれを拾い上げる。何故だろう、どこか不思議な魅力があるように思われた。それに、これと似たものをどこかで、以前に見たような気がした。

「いや、それどころじゃない……！」

想定外の事態に止まっていた思考を働かせ、ボクは簪を手に部屋を飛び出す。事態は考えているよりも深刻なのかもしれない。

そんな考えが脳裏をよぎって、頬にはまた嫌な汗が伝っていった。

◆

――どこかは分からない。

ほとんど日の差し込まない薄暗い場所で、エリオと一人の男性が対面していた。もっとも対等な関係でないのは一目瞭然で、大きな椅子に腰かけた男性は、エリオにこう語りかける。

「エリオよ。お前の剣技は間もなく、世界最高のそれに到達する」

「………」

言葉とは裏腹に、男性から見下されつつもかしずくエリオ。

彼女は頭《こうべ》を垂れ、呼吸を荒く、ただ黙ってそれを聞いていた。

「はっはっは、もはや声も出せぬか？　精神の浸食はシンデリウスの得手とするところだったが、それも工夫すれば容易く超えられようというものだな」

男性――クラディオは明らかに異様な娘を見て、とても楽しげに笑う。

そして、後方に控えていた一人の女性に声をかけた。

「おい。そろそろ、頃合いではないか？」

そこにいたのは、仮面をつけた女性だ。

その人物は無言でうなずいて、息も絶え絶えに苦しむエリオへゆっくりと歩み寄った。女性はエリオの肩に手を置いて、耳元で何かを囁《ささや》く。すると、

「――――っ⁉」

エリオの肩が大きく弾んだ。

瞬間、上を向いた顔には苦悶《くもん》の表情が浮かんでいる。

そんな娘を見て、クラディオは不愉快な哄笑《こうしょう》を上げて告げるのだった。

「さぁ、いよいよだ。私の作り上げた最高傑作よ――」

娘を娘と思わぬ口ぶりで。

「今こそ、リーディン家への恩義を果たすのだ」――と。

◆

「よお、クレオ。……少しだけ時間、いいか？」

異変を仲間たちに伝えようと、大急ぎで談話室へ向かった時だ。キーンたちの代わり、そこには思いがけない来客の姿があった。

「アルナ……⁉」

その来客というのも、ボクの学友であったうちの一人。

彼――アルナ・クレファスは、片足を引きずりながら苦悶の表情を浮かべて、ソファーに身を預けていた。当然ながら、周囲の視線が彼に集まっている。ボクはそれを遮《さえぎ》るようにして、アルナのもとへと駆け寄った。すると、かつての学友はどこか自嘲気味な笑いを漏らしつつ、こう口にするのだ。

「まったく、クレオには情けないところばかり見られるな……」

「え……？」

「気にすんな。少し、昔を思い出しただけだ」

こちらが首を傾げると、アルナはまた笑った。そして小さな声で、

「ここは人が多すぎる。お前の泊っている部屋、良いか？」

囁くようにそう願いを口にする。

ボクは頷いて、彼のことを部屋へと連れていくことにした。

「クレオさん！」

「あ、キーン……？」

すると談話室での異変に気が付いたのだろう。キーンたちが何事かと、こちらへと駆け寄ってくる。そして傷だらけのアルナを見て驚き、どこか難しい表情を浮かべるのだった。

「大丈夫だ、クレオ。ここからは自分で歩ける」

「あ、うん……」

キーンとマキの視線を察してか、アルナは小さく耳打ちをして背筋を伸ばした。先ほどまでの苦しげな表情とは打って変わって、凛《りん》とした雰囲気でボクの部屋へと移動する。

ただ、立って歩くことも難しかったのだろう。

アルナは部屋に備え付けられている椅子に、乱暴に腰かけると大きく息をついた。

「ははっ……。畜生、これは思ったよりキツイぜ……！」

全身が痛むのだろう。

歯を食いしばって苦しむ彼を見て、慌ててマキが治癒魔法を施した。

「あぁ、ありがとな」

「い、いえ……」

感謝の言葉を口にしながら笑みを浮かべる彼に、マキは困惑した表情で答える。そして間もなく治療が終了し、完全復調とまではいかないが、顔色の良くなったアルナはこう口を開いた。

「まずは、自己紹介からだな。俺の名前はアルナ・クレファス。そして——」

ボクの仲間の顔を一つずつ見回してから、神妙な声で。

「エリオ・リーディンの襲撃を受け、退けた者だ」——と。

「クレファス家と、リーディン家の因縁について……？」

ボクは元学友の言葉に、眉をひそめる。

昨夜の出来事を一通り説明した彼は、おもむろにそう口にしたのだった。

「あぁ、そうだ。クレオも知っているだろう？　俺の家——クレファス、そしてエリオの家であるリーディンは、長年争い続けてきた、ってことを」

「…………うん」

こちらが訊き返すと、天井を見上げながらアルナは答える。頷き返すと、視線だけで他のみんなを見やってから話し始めた。

「ここにいる全員、無関係じゃない。仲間のことだから、当然な……」

静かな口調で。

まるで、御伽噺《おとぎばなし》を始めるかのように。

「時は今から、千年以上前に遡る。そう——」

とても大切で、非常に根深い因縁の物語を。

「英雄が魔王を打倒した、その時代の話だ」

――遥《はる》か昔。

この世界には魔王と呼ばれる存在がいた。

人間と対立し、魔物を操り、全面戦争が起こったのである。しかしその争いは、一人の英雄の手によって終結することになった。

それは誰もが知る物語。

アルナが語ったのは、表舞台では語られなかったこと。

人間側に、魔王側へと寝返った存在があったという事実だった。

「まさか、リーディン家は裏切り者の末裔《まつえい》――ってこと？」

「あぁ、そうだ。クレファス家と並び立つ騎士の家系だったリーディン家の一部の者はその時、魔王側に情報を流していた。大した内容ではないけど、な」

問題は内容ではなく、裏切り行為そのものだろう。

アルナは多く語らなかったが、その後のリーディン家については想像できた。

「そう、だったのか……」

歴史学については少し自信があったが、それは知らない事実。

おそらくはアルナが、クレファスに名を連ねるからこそ知っていること。王家に近かった自分にさえも秘匿され、忘れられた記憶だった。

そして、それこそがクレファス家とリーディン家の禍根。

「本来なら取り潰しになり、没落してもおかしくなかったリーディン家。それが細々と続いたのには、なにか理由があるんだろうけど、俺はそこまで知らない」

さすがに千年も前のことだ。

資料でさえ古びて、なくなっているものもあるだろう。そもそも秘匿されていた歴史だ。あるいは、存在そのものが消し去られている可能性だってあった。

「でも、いま重要なのはそこじゃない」

しかしそこで、話は戻る。

アルナは深く息をついてから、こう口にしたのだった。

「ただ、一つ確実に言えることがある。今のリーディン家は――」

眉をひそめながら。

「その時と、同じ過ちを繰り返そうとしている」――と。

◆

クラディオは薄暗い一室で一人、椅子に腰かけて窓の外を見ていた。

そして、小さく笑みを浮かべてこう言うのだ。

「間もなく、我らを不当に蔑んできた者に粛清を――」

「あら、ずいぶんと悪い笑みですこと」

「――む、お前か」

しかしその時、彼の言葉を遮るようにして割って入る者があった。

クラディオが振り返ると、そこにいたのはエリオに何らかの手を加えた女性。仮面をつけて、うかがい知れるのは妖艶な口元だけ。

女性はクラディオに向かって笑みを浮かべると、こう口にした。

「どうして貴方はご自身の娘を使ってまで、復讐《ふくしゅう》を果たしたいのかしら?」

「…………」

それに、クラディオは黙り込む。

しばしの沈黙の後に、再び窓の外を見るのだった。

「ふん、貴様には関係ないだろう？　所詮は――」

そして、相手を蔑むように。

「『魔族』の女であり、呼び出された『使い魔』に過ぎないのだからな」――と。

相手を見下す心を隠そうともせず、とかく嫌みたらしく。

しかし、それを受け取った女性は何故か嬉《うれ》しそうに笑うのだった。

「……ふん、さすがは人でなし、か」

クラディオはその反応に不快感を露わにしたが、それでも彼女は笑い続ける。静かな部屋の中には、そんな不気味な時間が流れている。

その最中に、クラディオは魔族である女性にこう告げるのだった。

「時に、どうやら彼奴らも勘付いているようだ。使い魔なら使い魔らしく、主のために対処するのが筋ではないのか？」

「あらあら。それはまた、気が利かず申し訳ございません」

すると彼女は、変わらぬ薄ら笑いを浮かべたまま謝罪の言葉を口にする。

「…………」

その反応は不快極まりないが、相手はそもそも人間ではないのだ。

仔細《しさい》をその都度に気にしていては、どれだけ時間があっても足りないだろう。そう思い直し、彼は最後に一つこう確認を取った。

「エリオの様子は、どうだ？」

気遣うような言葉とは裏腹に、邪悪な響きを込めて。

対して魔族の女性は、これといって口調を変えることはない。

「……ご安心ください」

淡々と、冷酷に。

「順調に壊れていっておりますわ」

視線を少し離れた場所にある扉に向けて、彼女はそう答えるのだった。

◆

『エリオさま、私のことを捨てたんですか……？』

「え、セナ。それって、いったい……」

エリオの前には、一人の獣人の少女が立っていた。

手には簪。それに視線を落とし、どこか寂しそうに口にするセナはうつむいたまま。エリオはそんな彼女を見て、慌てて駆け寄った。そして細く小さな肩を掴み、相手に合わせて腰を落とす。

するとと気づくのだ。

「あ……っ」

少女がおびただしい血の涙を流していたことに。

それだけではない。彼女の身につけた懐かしい割烹着《かっぽうぎ》の胸からは、赤い染みが浮かび上がってきていた。その広がりと比例して、セナの表情は次第に苦悶に満ちていく。

『エリオさまが、私を殺したんです。エリオさまにとって、私は使い勝手の良い駒にしか過ぎなかった。だから、思い出も簡単に手放せる……』

「ち、違う！　そんなはずは――」

『それじゃあ、どうして？』

「……え？」

――ガクン、と。

見開いた目から血の涙を流したまま、セナは首を折れんばかりに傾げて言った。

『私との思い出は、どこにあるんですか……？』

少女の言葉に、エリオはハッとする。

そして己の服の細部にまで手を回して、思い出を探した。

しかし――。

『失くした。そうですよね……？』
どこにも、なかった。
肌身離さず持っていたはずの、思い出が。
いついかなる時も、忘れてはならないと大切にしていたはずなのに。
『エリオさま？　――それじゃ、もう私はさよならです』
「セナ……!?」
その瞬間だった。
セナの姿がかすんでいく。
「待ってくれ、セナ！」
弁明を聞いてほしい。
忘れたわけではない。
片時も、彼女を想わなかった日はなかった。
それを伝えようと、消えゆくセナに伸ばしたエリオの手には――。
「あ、あぁ……！」
――カタナ、と呼ばれる刃物。
伸ばした手に握られた得物は深々と、セナの胸を貫いていた。
『ほら、エリオさま。貴女はまた、私を殺した』

思い出されるのは、あの時の生々しい感触。
エリオは声にならない悲鳴と共に、崩れ落ちるセナの身体を抱きしめるのだった。

「セナっ……⁉」
そこで、目が覚めた。
見慣れない仄暗《ほのぐら》い部屋の中、エリオは慌てて簪を探す。しかし、
「ご、めん。ごめん、セナぁ……！」
ない、ないのだ。
何よりも大切にしてきた思い出が。
自分以外に誰もいない部屋の片隅で、エリオは力なく啜《すす》り泣いた。
『貴女は、許されることはありません』
そんな彼女の頭の中に響くのは、記憶にないはずのセナの言葉。
『そうです。アルナ・クレファスの命をあの方に、捧《ささ》げるまでは……』
もはや誰の声も届かぬ絶望の中。
エリオの心は確実に、そして着実に壊れていった。

◆

「それで、いまエリオさんはどこにいるか分かるの？」

「分からない。それでも、手掛かりになりそうな場所に、心当たりはある」

「手掛かりになりそうな場所……？」

マキの治癒魔法での完治を待ってから、ボクとアルナは街に出向いた。

彼曰《いわ》く、リーディン家には昔から大切にしている土地がある、という話だ。それが王都の中でも貧困街方面にあるのは、少し意外ではあったけど。

しかし今はアルナの言葉以外に、有益な情報はない。

そのためボクは、あまり口を挟まなかった。

「でも、ここって……」

それでもたどり着いた場所に、思わず眉をひそめる。

何故なら、そこは――。

「墓地……？」

「あぁ、そうだ」

今ではもう使われていない、朽ち果てた墓場だったのだから。

管理もされず、また墓荒らしにもあったのだろう。いくつかの墓石は無残なまでに破壊されていた。当然ながら手入れもされていなければ、誰にも記憶されていない。

そんな、悲しい空間だった。

「リーディン家は騎士の家系であると同時に、墓守の家系でもあったんだ。もっとも、魔王側についたことによって、押し付けられた役割だけどな」

「…………」

淡々と語るアルナに、ボクはなにも返答できない。

それでも彼は、雑草生い茂る獣道を迷うことなく進んでいった。手足に絡みついてくる邪魔な蔦《つた》を短剣で斬りながら、たった一つの目標へと向かって。

そして、悪戦苦闘すること十数分。

「ここ、だな」

「アレクサンダー・リーディン――ここに眠る？」

辿《たど》り着いたのは、他と比較してもひときわ大きな墓石の前だった。

刻まれた名前からして、それがエリオさんの祖先のものだと分かる。よく見れば他のそれらよりも、比較的近年まで手入れがされていたようだ。

とはいっても、数年は放置されているに違いなかったが。

「……少しばかり、気は引けるが。勘弁してくれよ、っと！」

「え、ちょ！　アルナ⁉」

そんなことを考えていると、突然にアルナは墓石に手をかけた。

そして勢いよく、不安定な状態となっていた墓石を押し倒す。すると――。

「えっ……⁉」

次の瞬間、思わずボクは自身の目を疑った。

何故ならそこにあったのは。

「どうやら正解、だな」

「地下通路、だって……⁉」

まだ、使用されて間もないのだろう。

いくらか綺麗な階段が、続いていたのだから。

◆

地下通路を進んだ先には、大きな書斎があった。

どれも湿気でダメになりかけているが、いくらかの文献は読み取ることができる。しかし書かれている文字はどれも古代エルフ文字だ。

読めないことはないけれど、判読するまでにどれだけ時間がかかるか。

「アルナの方は、なにか見つけた？」

「いや、どれも似たようなものばかりだな……」

「そっか……」

ボクは手当たり次第に本を手に取る。

表題だけ見ると、どれも魔法にかかわるものばかり。しかも、禁忌とされているものばかりが目についた。

人間の命を対価とした悪魔の召還。

さらには、臓物を捧げることによる魔族の使役。

おおよそ人間が手を出すべきではない内容ばかりで、薄ら寒さを覚えた。

「古代エルフ文字が潰《つい》えたのは、今から千年前。それを考えたらここにある文献は、その頃のもの、ってことになるのかな……？」

分析しながらそう独り言を口にする。

するとアルナが何かを見つけたらしく、ボクのことを手招いた。

「なぁ、クレオ。これって日記、だよな？」

「日記……？　それにしては、ずいぶんと古ぼけて——」

彼に言われて、その書物を手にした時だった。

「あら？　墓が暴かれていると思えば、侵入者がいたのですね」

「誰だ……!?」

入口の方から、女性の声が聞こえたのは。

ボクとアルナはともに剣を構え、息を整える。すると——。

「あら、そのように警戒されなくとも。主より命令が下っていない限りは、私から手出しすることはありませんわ」

「貴女は……？」

現れたのは、妖艶な服を身にまとった女性だった。

手にはランタンを持ち、照らされる顔——瞳は赤く、唇には紫の紅が塗られている——には、不敵な笑みを浮かべている。

放つ雰囲気は常人のそれではなかった。

それだけで、ボクの頭の中には嫌な予感がよぎる。

「申し遅れました。私の名前は——クリム・レキサディナ。気軽にクリム、とお呼びいただければ幸いです」

女性ことクリムは、恭《うやうや》しく礼をしながら名乗った。

普通ならこの時点で警戒を解いても良いはず。だが彼女から放たれる威圧感は、そんな楽観を掻《か》き消すには十分なものだ。考えなくとも、この女性がただ者ではないのは明らか。気を抜けば失神しそうになる眼差しなんて、完全に常軌を逸している。

それはアルナも同意見なのか、剣を構えたままこう問いかけた。

「お前は、何者だ……？」

するとクリムは口角を歪《ゆが》め、ボクを見て言う。

「そちらの御方なら、分かっているのではないでしょうか？」

「………」

それに対して、こちらは一つ息をついて答えた。

この膨大な魔力と、威圧感。文献でしか読んだことはないけれど、間違いない。あたかも人間のように振る舞っているこの女性の正体は——。

「——魔族、ですよね」

そう、この場にある書物にもあった。

魔族との契約方法。そして僅かに読み取れた日記の一部には、こう書かれていたのだ。

「リーディン家は、魔族との契約に成功した」——と。

ボクがそう口にすると、クリムはまた一段と口角を吊《つ》り上げる。

そして、喉の奥を鳴らすように笑いながら、

「ご名答……！　それでは、主からの指示もあったことですし——」

急速に魔力を高めて、こう言うのだった。

「少しだけ、遊んでもらいましょうか‼」

「くっ……⁉」

直後に放たれたのは、ただ純粋な魔力のみ。

それ自体にダメージを与えられることはないが、それ以上の問題があった。

「ち、くっそが……！」

「アルナ！　大丈夫⁉」

「大丈夫、って答えたいところだが。これは少しばかり、相手が悪いみたいだ……！」

ボクのようにある程度、魔法の素養があれば耐えることは可能だ。

しかし、アルナのように専門外の人がこれほどの力を浴びれば、まず意識を失ってしまう。彼が辛うじて立っているのは、人並み以上の負けん気を持っているからだった。

それでも、このままでは勝負にならない。

「アルナ、ちょっと痛いけど我慢してね……！」

「ぐ、う……⁉」

ただでさえ彼にとっては苦しい状況だが、我慢してもらうしかなかった。案の定、アルナの身体は大きく反対側に撚《よ》れて、いまにも倒れそうになってしまう。

だが、やはり彼は並大抵の人ではなかった。

「く……は、ははっ。悪かったな、クレオ。おかげで助かったぜ」

完全に落ちかけた意識を繋ぎ止め、笑ってみせる。

その様子を見て、目を細めたのはクリムだ。

「なるほど、自身の魔力をもう一人に分け与えたのですね」

「対症療法にしては、荒療治だったけどね」

彼女の指摘は正しい。

ボクがアルナにしたのは、自身の中にある魔力を流し込むことだった。

魔法の素養のない人というのは、二つのタイプに分けられる。一つは根本的に、魔法を貯蔵するような体質を持たないタイプ。そしてもう一つが、貯蔵する体質こそあるものの、素養のある者と比べてあまりに微弱であるタイプだった。

仮にアルナが前者だった場合には、それこそ一瞬で気絶していただろう。

だから、ボクのしたことは一種の賭けに近かった。

「……でも、これで戦えるぜ？」

そのような一か八かの一線を越えたとは思えない口調で、アルナは剣を引き抜く。そんな彼の後ろ姿を見て、ボクは改めて尊敬の念を抱いた。

どのような状況でも決して折れず、諦めることを知らない心。学園時代に幾度となくぶつかり合ったからこそ知っている、アルナの長所の一つだった。

「ふむ……」

そんな彼を再度、値踏みするように見てからクリムは頷く。そして、

「なるほど。それでは、改めて――」

指先に魔力を漂わせつつ、愉快そうに笑うのだった。

「私と遊んでいただきましょうか……！」――と。

◆

クリムの攻撃は変則的。
指先――いいや、爪の先から放出される魔力を鞭《むち》のように振るっていた。縦横無尽に駆け巡る高密度の魔力の塊。その結果として、ボクたちは常に予想外の角度からの攻撃に見舞われていた。

現状最高の布陣として、ボクは後衛としてアルナを援護。しかし彼の剣技をもってしても、クリムのことを完全に捉え切ることはできなかった。それどころか、計十本の魔力鞭によって接近することすら困難。

「ちくしょう……！」

アルナは相当に苛立っているらしく、悪態をついた。

「まるで蛇みたいに、ウネウネと……！」

「落ち着いて！　無理に攻めたら、相手の思う壺《つぼ》だよ！」

「分かってるっての！　だけど、このままだったら埒《らち》が明かないぞ⁉」

少しだけ無理に攻め込んで負った傷を癒やしながら、ボクはアルナを必死になだめる。

しかし、まさに彼の言う通りだった。クリムの魔法による斬撃は、蛇のように少年騎士の首を刈らんとする。一撃でも喰《く》らってしまえば、致命傷は避けられない。

それでも勝利するためには、どこかで攻勢に転じないといけなかった。

「人間にしては、なかなかにやりますね。面白い……！」

そんなボクたちを見て、クリムはそう口にする。

「くそ……！」

二対一にもかかわらず、圧倒的に不利な状況。しかし、真に恐ろしいのはクリムが手加減をしていることだ。彼女は端々に試すようなことを言っては、攻撃に緩急を加えてきた。ボクの防御魔法でしのいではいるが、少しでも気を抜けば幼《おさな》馴染《なじみ》の首は刎《は》ねられる。

——魔族との戦い。

それは、今までの戦いとは一線を画すものだ。

高純度の魔力を放つ魔物は多くいる。だけどもこのように思考しながら、臨機応変に戦闘を行う相手は存在しなかった。だから、この戦いは本当に未知の領域。

その中でどうにかして、相手を出し抜こうと考えていた時だった。

「でも、そろそろ本気を出してくださいませんか？」

「なに……？」

クリムが突然に、動きを止めたのは。

「前衛はまともに力を発揮できない剣士が一人。後衛の援護ナシなら、とっくに私の魔法でその命を奪われているはずなのに……」

彼女はボクをジッと見つめてきた。

アルナという、世界最高の剣士と名高い少年には目もくれず。

ボクはその言葉の真意をあまり汲《く》み取れなかった。なぜならこの布陣が、現状で考えられる最高到達点。そのことに、疑いを持ってなどいなかったから。

だが、それを間違いであると指摘するように。

「いい加減、邪魔です。そこの雑魚は……！」

「なっ……!?」

「アルナ!!」

一瞬の出来事だった。

今までとは比べ物にならない速度の攻撃が、アルナの胴を捉えたのは。

少年騎士もなにが起きたのか分からない、といった表情でその場にうずくまった。幸いなことに最低限の回避には成功し、致命傷を負うことはなかったらしい。

「大丈夫、アルナ!?」

「悪いなクレオ、ちょっとばかし油断した」

だけど、出血量が多い。

応急処置程度の治癒魔法では、無理が利かないのは明らかだった。

「これで分かりましたか？　そこの剣士」

「…………へっ」

クリムの見下した視線に、乾いた笑いで応えるアルナ。

だがすぐに、彼はボクを見て言う。それは、ボクの想定にない言葉だった。

「クレオ、たぶん勝てるのはお前だけだ」

「え……？」

思わず呆《ほう》けた声を発するこちらに対して、笑みを浮かべて背中を押してくるアルナ。彼は妙に自

信満々な声色だった。そして、

「ちょっと待って、アルナ……？」

「お前は認めないだろうけどよ、俺はクレオが世界で一番だと思っているんだ」

振り返るとそこには、いつもの意地悪な笑み。

「…………！」

ボクは知っている。彼があの表情をする時は決まって、本音を語っている時だ。

だからこそ、引っ込みそうな気持ちに鞭を打って決意を固める。何故なら、幼馴染であり、剣技において目標とする相手にこう言われて、それを否定するなんてボクにはできなかったから。

「……分かった。この人を倒したら、すぐに手当てするから！」

「あぁ、早めに頼むぜ……？」

そう口にして、壁に背を預けたアルナ。

その姿を確認してから、ボクはクリムに向き直った。

「お待たせしました」

「あら、礼儀正しいのですね」

そして、一言謝罪してから剣を構える。

この手にあるのは、真っすぐな戦いではアルナの域には至らぬ拙い剣技。だとすれば、この窮地を切り抜けるには、これしかない……！

「やはり、そうきますか……！」

クリムの愉快そうな声が、息苦しい室内に響いた。

「悪いですけど、ボクは負けられないんです」

構えた剣から、炎が巻き上がる。
魔法剣――それは、剣技と魔法を修めたボクにできる、アルナを超えるための一つの手段だった。

「これでもまだ、分《ぶ》の悪い賭けだけど……！」

通常の剣であれば、クリムの攻撃を完全に弾き切るのは困難だ。

何故ならあの攻撃には、魔力が流れているから。しかもそれだけではなく、その一打ごとに流れの方向を変えているのだ。

だから、右へ受け流したはずの攻撃が反対方向に流れたりする。

魔法の素養がないアルナが対応できなくても、仕方のない話かもしれなかった。

「やはり、面白いですね。貴方は！」

魔法剣によって、魔力の流れを相殺しながら。

ボクはクリムと相対していた。その最中でも彼女は、嬉しそうにそう叫ぶ。

「人間がここまでの力を持つとは、やはり――」

そして、すっと息を吸ったかと思えば。

「いいえ、今はまだ時ではありませんね」

そう、静かに口にする。

相手の雰囲気がころころと変化するのは、正直やりにくい。それでも、決してついていけない速度ではなかった。

幸いなことに、単純な腕力は互いに拮抗《きっこう》か、あるいはボクの方が上。

あとは、いかにして隙を突いてクリムを出し抜くか――!

「――!」

それだけ、なのに。

ボクは一度後方へと跳んで、相手から距離を取った。

冷静にならなければならない。戦果を焦っては負ける戦いだ。深呼吸をしながら、そう自分に言い聞かせる。たしかにアルナの状態を考えれば、時間はない。それでも無理な戦闘をしては、その時間すら縮めかねなかった。

クリムはそんなボクを見て、考えを察したらしい。

くくく、と声を発するとゆっくり手を差し出してきた。

「冷静な判断力、果敢な決断力、状況への対応力――人間にしておくのは、実にもったいない。もしお望みになるなら、こちらの世界に案内しますよ？」

「……冗談でも、たちが悪いですよ」

「でしょうね。くくく……！」

褒められているのに、どうしてだろうか。

素直に受け取ることがこれほどまでに、おぞましく感じられてしまったのは。

相手が魔族だから、というだけではなかった。きっとそれは、相手の底が見えない恐怖心が、ボクの中にあったから。

感情に対して、揺さぶりをかけられている。

それに気付いてボクは一度、ゆっくり剣を下ろした。

そして、クリムに訊ねる。

「貴女たちの目的は、なんですか？」

すると彼女は、また小さく笑ってから言うのだった。

「さぁ……？　私はあくまで、契約者に協力しているにすぎませんから」

「…………そう、ですか」

クリムの惚《とぼ》けた返答に、ボクは再び剣を構えて魔力を流す。

どうやら彼女は、会話をする気すらない様子だった。

それなら——。

「あら、どうやら時間のようですね？」

「え……？」

そう思って足に力を込めた時だ。

クリムがいきなり、殺気を消して言ったのは。

「そちらには、怪我人がいるわけですから。今回はここで手打ちとしましょう？」

そして、一方的に宣言すると闇の中に姿を消す。

しかし最後に、彼女はこう言い残した。


「貴方とは、また戦うことになりますね」――と。


気配が消えてから、ボクは剣を下ろした。そしてアルナのもとに駆け寄って、その傷の具合を確認する。どうやらボクの治癒魔法でも、なんとかなりそうだ。

「だけど、あの言葉はいったい……？」

いとも呆気《あっけ》なく、一つの戦いが終わった。

いや、正確にいえば見逃されたに近いのだろう。

だからこそ、被害は最小限なのにどうも気味が悪く思えてしまった。

「いや。それよりも、いまは……」

しかし、いまは魔族よりも優先すべきことがある。

ボクはそう思い直して、苦しげに息をするアルナに肩を貸すのだった。

◆

「え、傷が治りきっていない……!?」

「そうですわ。アルナの傷口を確認してみたのですが、塞がっているようでその実、見たこともない呪いの類いがかけられているようでした」

「そんな……」

宿に戻り、アルナのケガをマリンに見せた。

すると彼女は少し考えた後に、そのようなことを言う。今回話しているのは、クリムとの一戦で負ったものについてではなかった。それより以前、何かしらの戦いで負ったものとみられる。

「だったら、どうしてアルナは黙っていたんだ……？」

解呪の成績も2位だったボクだけど、今の今まで気づかなかった。

つまりアルナは、苦しみを堪《こら》えながらクリムと相対していたということ。そのような状態で、強大な力を持つ相手に勝てるはずがなかったのだ。それでも彼が黙っていたのは、何かしら隠したいことがあったからかもしれない。

「でも、その傷っていつできたの？」

「これは、わたくしの見落としですわ。おそらく昨夜受けた襲撃の際、つまり――」

ボクの問いかけに、マリンが難しい顔をした。

何故ならアルナほどの剣士に、深手を負わせられる相手は限られるからだ。すなわちマリンの言う通り、彼にこの呪いを与えたのはエリオさん、ということになる。

「でも、彼女にはそんな力……」

そうだった。彼女はあくまで剣士。

呪術の類いを使っていたカオンとは、繋がりもなかった。

ましてや、マリンの口振りからしてこれは普通の呪術ではない。もっと他に、専門家の知識が必要になってくるのは明らかだった。

ただ、そうなると気になるのは……。

「どれくらい、もつの？」

「………」

ボクが問いかけると、聖女は眉間に皺《しわ》を寄せた。

そして、小さくこう口にする。

「このままでしたら、アルナはおそらく――」

努めて冷静を装いながら。

「あと、一週間の命ですわ……」

「一週間……⁉」

ボクもある程度の覚悟をしていたが、しかし想定以上に短い時間だった。

どうにもできないのか、と。

学友であり親友、好敵手にして目指すべき目標。

剣術においてそう思っていた彼の命が、残り幾ばくもない。

その事実は焦りを生むと同時、落胆する心にいっそう重くのしかかるのだった。

「でも、まだ手がないわけではありませんわ」

「え……？」

だが、その時だ。

マリンが変わらない口調でそう告げたのは。

「一人だけ、心当たりがあります」

「それって？」

ボクが訊ねると、彼女はふっと息をついてある名前を口にした。

「アスタ・スロバスナ――クレオも、聞いたことはあるでしょう？」

「アスタ……って、あの？」

「そうですわ」

そして、こう続ける。

「わたくしたちの学年で、解呪の魔法に特化していた平民出身の少女。いまは王都の外れで、実家を改装した店を構えているそうです」

——あるいは、彼女の技術なら。

最後まで聞かなくても、ボクの答えは決まっていた。

「行こう、アスタのところに！」

細い糸でも、摑めるのなら摑むまでだ。

まずは可能性を繋ごう。必ず、アルナとエリオさんを助け出すために……！

# 第４章　襲撃と、可能性。

アルナには、よく見る夢があった。

それは本当に、もう二度と叶《かな》わないと思われる夢物語。

「いくぞ、エリオ！」

「あぁ、こい！　アルナ！」

その夢の中で、アルナはエリオと親友同士だった。

互いの剣の実力を認め合い、それぞれの道を歩みながらも共に立つ。騎士団では重要な役割を与えられ、クレオという少年を迎えるための場所を作るのだ。

それがアルナの描いた夢だった。

もしもあの時、リーディン家が取り潰しになっていなかったら。

もしも、共にクレオを支える柱となれたら。

そんなもしもが、今でも彼の中にはあった。

夢の中の彼らは、一心不乱に互いの剣をぶつけ合う。

そして、そんな淡い夢はあっという間に醒めていくのだった。


「――あぁ、ここは……？」

アルナが目を覚ますと、そこにあったのは見慣れない天井。

おそらくは宿の一室だろうということは、なんとなく分かった。それと同時に、自分があの魔族に敗北した後、気を失ったということも。

少年は身を起こして、呪いによる痛みに眉をしかめた。

「くっそ、馬鹿みてぇに痛いな」

そして悪態をつく。

だが次に浮かんだのは、まさかの笑み。

口角を軽く上げて、少年は夢に出てきた彼女の名を口にした。

「本当に、腕を上げたよな。エリオ……」――と。

◆

アスタの家は王都の外れでも、商人の人々が住まう場所にある。

商家出身の彼女は偶然に魔法の才を発現し、学園への入学を許された。平民出身ということもあり、なかなか馴染《なじ》めなかった彼女だが、実力は誰もが認めるもの。

かくいうボクもその一人で、とりわけ解呪に関する成績は手も足も出なかった。

「それにしても、マリンがアスタの家を知っているなんて意外だね」

「わたくしの家――シンデリウスとは、少しだけ繋《つな》がりがあったそうでして。先代当主の葬儀の際に、顔を合わせたのですわ」

「そう、だったんだ」

「気にしないでください。父のしたことは許されることではないですし、わたくしもそう思っていますから」

道を歩きながら、マリンはふっと息をつく。

「むしろ、今が幸せで感謝しています」

「マリン……？」

彼女はそう言ってから、こちらをちらりと見て微笑んだ。

「マキにゴウンさん、新しい家族との平和な生活——与えてくださって、本当にありがとうございます」

「……うん！」

それを見たらもう、暗いことなんて言えない。

ボクは気持ちを切り替えた。

その時である。

「さて、ここですわ」

マリンが、ふと足を止めたのは。

視線を追いかけるとそこにあったのは、商家の中でも中堅というに相応しい家だった。使用人がいるわけでもなく、比較的落ち着いた印象をしている。

そして話に聞いていた通り、その家の前には店の看板が立て掛けられていた。

ベルを鳴らすと、間もなく一人の女性が現れる。

「あぁ、マリン様。いかがなさいました？」

「おば様、お世話になっております。アスタはいらっしゃいますか？」

どうやら、その人はアスタの母親らしい。

マリンの言葉に謙遜しつつ、しかしどこか申し訳なさそうに目を伏せた。

「申し訳ございません、マリン様。あの子は、相変わらずでして……」

そして、そう口にする。

ボクは首を傾げるが、マリンには思い当たる節があったのだろう。短く会話をすると、母親も納得したように頷《うなず》くのだった。

「彼女にはわたくしたちから、言ってみますので」

「何卒、よろしくお願いいたします」

ボクは何をお願いされたのか分からないまま、マリンと共に中に通される。

木造建築のその家の中は、整理整頓がしっかりされていた。だがしかしアスタの部屋に近付くにつれて、次第に様子がおかしくなっていく。

「ね、ねぇ？　このニオイって、なに……？」

「クレオ。あまり吸いすぎると、昏倒《こんとう》するかもしれませんわ」

「昏倒!?」

――なにが何だって言うのさ!?

思わずそうツッコミを入れそうになったが、ぐっと堪《こら》えた。たしかにマリンの言うように、この空気をあまり吸い過ぎると意識が保てないような気がする。ボクはそう考えて極力、浅い呼吸を心がけて彼女の後についていった。

「さて、ここですわね。……アスタ？」

そして、いよいよアスタの部屋の前に到着する。

何度かノックをするが、返事はなかった。

「アスタ、開けますわよ」

仕方なしに鍵のかかっていないドアを開けるマリン。

すると、その先にいたのは――。

「いひひひひひひひひひひひひひひひひひひひひひひひひひひひひひっ!!」

髪はボサボサ。

椅子の上で何故か体育座りをしつつ、奇妙な笑い声を発する少女だった。

◆

……えっと、アスタってこんな感じだったたっけ?

「あの、スロバスナさん。久しぶ――」

「あっひゃあああああああああああああああああああああ!?」

「はいぃ!?」

ボクが声をかけると、心底驚いたのか。

アスタはこの世のものとは思えない悲鳴を上げた。

そして椅子の影に、その小さな身体を隠すのである。こそっとこちらを見る黒の瞳には、なぜだろう。光があるようには思えなかった。顔立ちも長く伸びきった髪のせいで判別が難しく、学園時代の印象とはどうにもかけ離れているように思う。というか、記憶との齟齬《そご》が激しかった。

「あ、ああああ……」

とにかく、彼女はかなり動揺しているらしい。

アスタは喉を震わせただけのような声を発して、ボクを見据えた。見かねた様子でマリンが仲裁に入ってくれる。

「クレオ、すみません。この子はずいぶんと内気なもので……」

いや、これは内気とかのレベルではない。

内心でツッコミを入れながらも、ボクは口を噤《つぐ》んだ。これ以上、なにかを言ってアスタを刺激してはいけない。

なによりも今は有事なのだから。

とにもかくにも、アルナにかけられた呪いを解いてもらわなければ。

「アスタ、こんにちはですわ」

「い、ひひ……？　シンデリウスの、子？」

「はい、そうです。マリン・シンデリウスですわ」

よく、平然と対話ができるなぁ……。

ボクは感心しながら、会話の行く末を見守った。

「いま、お時間はありまして？」

「だいじょ、ぶ。ちょうど、惚《ほ》れ薬《ぐすり》できた！」

惚れ薬ってなにさ。

「あら、そうですの？　それはとても嬉《うれ》しいですわ。でも——」

ちらり、マリンはボクを見て首を左右に振った。

「いまは、それどころではありませんの」

「ひ、ひひ……？」

首を傾げるアスタ。

そんな彼女に、マリンはこう伝えた。

「アルナに、特殊な呪いがかけられました」——と。

◆

「つ、つまり……？　このままだと、クレファスくんの身が危険。今すぐ解呪する必要がある、ということか……！」

「話が早くて助かります」

アルナの危機を伝えると、アスタは心なしか張り切りだした。

目の色を変えて——とまではいかないが、少なくとも表情は変わった気がする。ただどこか、クレファスという名を口にするたび、鼻息が荒くなり、口元がニヤけている感じもした。

その真意が、よく分からない。

心理学で1位だったアキウスなら、読み解けたかもしれないけど……。

「分かった、クレファスくんのためなら協力する……！」

そう考えていると、アスタは奇妙——もとい、独特な笑いをこぼしながらそう言った。そして、高く積み上げられた本の中に、むんずと腕を突っ込む。

ブツブツと言いながら、ケタケタと笑っていた。

そんな女の子の姿に苦笑いしていると、マリンが声をかけてくる。

「少し変わった子ですが、実力はクレオもご存知と思います。安心して一度、宿へお帰りになってくださいますか？」

「え、良いけど。マリンは残るの？」

「はい。わたくしにも、少しばかり残る理由ができましたから」

「残る、理由……？」

なんだろう。分からないけど、なにか寒気がした。

それでも今は、マリンの言うことに従った方が良いだろう。

「分かった、それじゃ……」

なので、ボクはそう言ってその場を後にする。

そして宿へと急ぐのだった。

◆

宿に戻ると、談話室にアルナの姿があった。

「アルナ、動いても大丈夫なの？」

「あぁ、平気だ。別に高熱でうなされているわけでもないからな」

ボクがソファーの対面に腰掛けると、彼はどこか自嘲気味に笑って答える。

互いになにも口にせず、無言の時間が続いた。だけど、それもアルナの一言で破られる。

「夢を、見るんだ」

「夢……？」

訊《き》き返すと、彼は頷いた。

「そう、夢だ。俺とエリオが二人でお前を支える夢を、な」

「ボクを、支える……？」

ついつい言葉を繰り返してしまう。

そんなボクに少年騎士はニヤリと笑って、どこか懐かしそうにこう続けた。

「相変わらずだな、お前は。いまいち自覚がないっていうのも、それはそれでお前らしいから安心できるけどさ」

「自覚がないって、ボクは自分が強くはないことくらい分かってるよ」

「あぁ、そうだ。お前は決してエキスパートではない」

少しムッとしたのが伝わったのだろうか。

アルナはまた笑った。しかしすぐに真剣な表情になると、こう語るのだ。

「それでも、良いんだ。俺たちのリーダーになる奴は、そうやって多くの人間の価値が分かる奴でないと務まらない」

「リーダーって、ボクが？」

「前にも言ったただろ、改革が始まったんだって」

改めて言われて思い出す。

そういえば、彼が前にここへやってきた時に言っていた。

騎士団になんらかの働きかけを行っていること。そして、その先にあるのはボクの登用であるようなことを。

「でも、ボクは今さら戻れないよ。それに――」

「いいや、俺に限っては今のままでも良いと思ってる」

「え……、それってどういう意味？」

エリオさんのこともある。だから、断ろう。

そう思って口を開くと、彼は一つ息をついてから口にした。

その真意が分からずいると、アルナは――。

「お前は好き勝手に生きてくれればいい。好き勝手に救いたい奴を救って、自分の道を進んでくれればいい。きっとそれが、この国のためになる」

満面の笑みで、そう言うのだ。

「好き勝手に、生きる……」

ボクが冒険者になると決めた時、胸に抱いたものに近い。

その言葉は、胸の中にじんと響いた。

だから意を決し、こう口にする。

「それなら、手伝ってほしい」

こちらを挑発するような少年騎士の眼差しに、真っ向から向き合って。

「ボクはエリオさんを救いたい。だから、アルナの力を貸してほしい」——と。

それを聞いた彼は小さく、ふっと笑った。

「あぁ、承知した。もちろん、協力させてもらうぜ」

そして、満足げに言う。

アルナの表情を見て、思うことがあった。

これほどまでに自分を評価して、頼ってくれる相手がいるのは恵まれたことだ。だからこそ、そんな自分はもっと自信を持たなければならない。

自分自身が、自分の能力をもっと信じられるようになりたい——と。

◆

「……なるほど。それじゃ、しばらく待てばいいんだな？」

「うん。数日すれば、呪いを解く薬ができるはずだから」

アルナとしばし談笑した後。

ボクは、まだ足元の覚束《おぼつか》ない彼を寝室に運んだ。

案外素直にベッドに横になったアルナは、微かに口角を緩める。そして、

「なぁ、クレオ。俺たちが初めて会った時のこと、覚えてるか？」

「初めて、会った時……？」

何の気なしに、そんな話題を振ってきた。

ボクは数年前の記憶を必死に手繰り寄せ、一つ頷く。アルナと初めて会ったのは、たしか――。

「それって、学園で鍛錬してた時の話だよね？」

王都立学園の鍛錬場。

休日に剣術の練習をしようと、足を運んだ時だった。

足を踏み入れた瞬間に、鋭く木剣を振るう彼の存在に気付いたのである。試験の結果で互いの名前だけは知っていたボクたちは、その日から二人で自主練をするようになった。

それが気付けば、日常の一部になって。毎日のように二人で剣を振った。

そんな、懐かしい日々のこと。

「でも、それがどうかしたの？」

だけど今、その話が今回の一件となにか関係があるのだろうか。

不思議に思って首を傾げると、アルナはこちらの意図を察したらしい。関係ないさ、と前置きしてからこう続けた。

「あの日から、俺の目標はお前だったんだ」

口にした後になって少しだけ、恥ずかしそうに笑いながら。

その言葉にボクは思わず耳を疑った。

「アルナが、ボクを目標に……、って？」

理由は単純。何故なら、世界最高の剣士と名高い少年からそのようなことを言われるなんて、微《み》塵《じん》も思っていなかったから。先ほどリーダー云々《うんぬん》と言われたことも含め、どうにも気恥ずかしさが顔を出してきた。

だから、思わずそれを否定する。

「ボクはそんな器じゃないよ。アルナの方こそ、ボクの目標だった」

彼の剣技は、他を寄せ付けない。

まるで太陽のような存在だったアルナに、少しでも触れたくて手を伸ばし続けた。そんな学園生時代のことを思い返す。

でも触れようとすれば、いつも押し返された。

ついぞ届かなかったその頂は、ニッと笑ってこう口にする。

「馬鹿だよな、お前。座学では俺なんかより、何倍も点数取るのに」

「ええ、馬鹿って――」

「憧れだったんだよ、クレオは。俺にとって」

「……憧れ？」

　またも、首を傾げてしまった。

　するとアルナは、少しだけ身を起こして笑う。

「あらゆる物事に精通して、俺の持たざるものをたくさん持っている。だからといって、それをひけらかすことなく、自分の弱点から目を逸らさずに、真摯に前を向き続ける」

　そして、最後にこう言った。

「お前は、変わってくれるなよ？　俺が――」

　真剣な眼差しを、こちらに向けながら。

「お前のための道を、作るまでは」――と。

◆

「いいか、エリオ。クレファス家だけは、根絶やしにしなければならぬ。それこそが我らが悲願であること、努々《ゆめゆめ》忘れるなよ」

「はい、お父様……」

ある日のこと。

クラディオはエリオにそう語った。

少女の目は死んでいる。光なき眼に、カタナの切っ先を映して、ただ呆然《ぼうぜん》と父の言うことを訊いていた。その姿はまさしく——亡霊。

無感情を貫き、なにかから逃避しようとする娘の姿を見てクラディオはほくそ笑んだ。唐突にその腹部に蹴りを見舞って、倒れ伏すエリオを見下す。

そこに、親子の情などというものはなかった。

「そのような覇気で、クレファスを殺せるものか！」

「…………！」

うずくまるエリオ。

立ち上がろうとする彼女を、彼は問答無用に蹴り飛ばす。

「いいか、貴様は道具に過ぎない。道具は——」

そして、唾を飛ばしながら叫んだ。

「道具らしく、その役目を果たせ!!」


「ふむ……？　ずいぶんと、懐かしい夢を見たな」

クラディオは身を起こすと、そう呟《つぶや》いた。

そこは薄暗く、周囲の様子もまともに見えない彼の寝床。そこにいるだけで精神に支障をきたしそうな空間に、クラディオは平然とした様子で存在した。

そして、ゆっくりと立ち上がり歩き始める。

「さて、そろそろ動かすか？　――クリム」

クラディオは、誰もいない場所にそう声をかけた。

すると、どこからともなく一人の魔族――クリムが姿を現す。彼女は小さく微笑んでから、頷いてみせた。そのことを確認してから、クラディオはある部屋に足を踏み入れる。

そこには、娘――エリオがいた。

「ほほう、ずいぶんと壊れたな」

そして、その様子を見てそう口にする。

嬉々《きき》とした声色。そこにあったのは、一種のおぞましさ。

「では、エリオ。今こそ父に恩義を果たせ」

ニッと、口角を歪《ゆが》める。

クラディオは、娘にこう告げるのだった。

「道具は、道具らしく……な」——と。

◆

アスタから報告があったのは、二日後のことだった。

キーンはエリオさんの捜索。マリンとマキが薬を取りに行っている間、ボクとアルナはそれぞれの合流を宿で待つ。他愛のない話をしつつ、今後の動きについて相談もしていた。

そんな折だった。

「……いま、なにか物音がしたな」

アルナが、小さな声で言ってから外を警戒したのは。

あまりに鋭い声色に、ボクの気も引き締まる。もしかしたら、墓地で遭遇した魔族——クリムが現れたのかもしれない。そう思ったのは、探った気配が人間離れしていたから。

おおよそ人間の持つものではない。

それこそ強力な魔物であったり、魔族であったりと形容するのが正しい。

でも、どこかボクには違和感があって――。

「でも、待って。この気配って――」

もしかしたら、敵ではないかもしれない。

そう口にしようとした瞬間だ。

「クレオ、下がれ!!」

「なっ……!?」

激しい音を立てて、窓を突き破ってきたモノがあった。

その【ヒト】は赤い髪をなびかせる。禍々《まがまが》しく黒化した右半身。右目はひどく充血しているようで、血の涙を流していた。

人間らしからぬ姿をしている相手であるにもかかわらず、元が人間だと分かってしまう。何故ならボクには、そのヒトから彼女の面影を見てしまったから。

信じたくはない。でも、間違いなかった。

この人であり、人ならざる存在は――。

「そ、そんな……！」

「へ、ずいぶんと姿が変わっちまったな――」

それの答えを先に口にしたのはアルナだ。

ボクを庇《かば》うように立った彼は、どこか悲しい声色で彼女の名を口にする。


「エリオ・リーディン……！」


アルナがその名前を口にした瞬間、なにかが弾けたような音がした。

そして、

「アルナアアアアアアアアアアアアアアアアアアアアアアアアアアアッ!!」


まるで硝子《ガラス》が引き裂かれるような悲痛な叫びが、周囲に広く響き渡る。耳をつんざく異常としか言いようがないそれに、身体は防衛反応的に硬直してしまった。

そのような隙を逃す『彼女』ではない。

「アルナ、下がって！」

「ちぃ……!?」

とっさに声を上げると、彼は舌を打ちながら後退する。

距離を取って剣を構えながら、ボクは懇願した。

「エリオさん！　正気に戻って!!」

「アルナ、アルナアルナアルナァ!!」

だが、届くことはない。

エリオさんが腕を薙《な》ぐと黒き一閃《いっせん》が、ボクとアルナに襲いかかる。

血の涙を流しながら攻撃をしかけてくる彼女は間違いなく、正気ではなかった。声が反響しているように聞こえ、剣は常に手負いのアルナへと突撃する。

「狙いはやっぱり俺だけ、ってか！」

「アルナは無茶したら駄目だ！　ここは、ボクが――」

その間に割って入りどうにかしのぐが、一撃が尋常ではなく重かった。

防ぐたびに腕が痺《しび》れる。下手をすれば、圧だけでへし折れてしまうのではないか。そう思わされるほどの連撃だ。ボクは意識を集中させて、それらの攻撃を受け流し続ける。

「アアアアアアアアアアアアアアアアアアアアアアアアアアアアッ!!」

「……お願いだから、正気に戻って！　エリオさんッ!!」

喉が裂けんばかりに、甲高い声を張り上げるエリオさん。

ボクは必死に呼びかけるが、彼女がそれに応えることはなかった。それどころか、ついにはボクのことも障害として認識したのか。今までアルナだけを狙っていた攻撃が、こちらを狙ったそれに変化してきているように感じられた。

「く、そ……⁉」

相手がエリオさんだから、こちらから仕掛けることもできない。

防戦一方のまま時間だけが過ぎていく。宿の人たちを逃がす時間は稼げただろうけど、被害をこれ以上押しとどめることも難しかった。

その最中だ。

「クレオ、俺を囮《おとり》にしろ……！」

ふいに、アルナがそう言ったのは。

「え……⁉」

ボクは突然のことに、つい一瞬だけ呆《ほう》けてしまった。

それでもギリギリで攻撃をいなしながら、彼に訊き返す。

「そんな、どうして⁉」

「エリオの狙いは俺だけだ。だから——」

——俺を餌にしろ。

彼はまっすぐに、そう口にした。

自分を犠牲にしてエリオさんを倒すのだ、と。

「………！」

アルナの言葉を聞いて、ボクは逡巡《しゅんじゅん》する。

それは確実に悪手だ。もし彼を囮として扱ったとする。そうなったら、命の保証はできない。加えて一歩間違えれば、エリオさんもアルナも、共に失ってしまう。

それだけは絶対に避けたかった。

だけど――。

「くそ、なにか良い策はないのか……！」

こうしている間にも、錯乱したエリオさんの攻撃は続く。

彼女の追撃はさらに威力を増して、ついにはボクの頬を掠《かす》めるようになっていた。もう潮時なのだろうか。二人のうち、どちらかを捨てなければならないのか。

そう思った。その時――。

「――――!?」

唐突に、攻撃の手が緩んだ。

そして一定の距離を取り、エリオさんが動きを止める。

「……ア、アア……」

彼女は部屋のある一点をジッと見つめ、明らかな動揺と共に瞳を震わせていた。何を見ているのか、そう思ってボクは視線の先を見る。

すると、そこにあったのは――。

「あれは前に拾った……簪《かんざし》？」

以前、エリオさんの部屋で見つけた装飾品だった。棚に仕舞っていたのだが、どうやら今の戦闘の最中に破壊されて零れ落ちたらしい。

理由は分からなかった。だけども、彼女はその髪飾りを見つめて……。

「あ、あああ、ああああああ……⁉」

完全に、動きを止めた。

頭を抱えて大粒の涙を流し始める。

両膝をついてうつむき、しかし何かを振り払うように激しく頭を振る。そして、最後には――。

「…………し、て……」

「え……？」

うわ言のように、ある言葉を漏らして。

「うわっ⁉」

その次の瞬間、周囲に黒い霧のようなものが広がった。

しかしそれも一瞬のことで、目を開くとそこには誰もいない。

「エリオ、さん……」

ボクはあまりのことに呆然と立ち尽くす。

そして、最後に彼女が口にした言葉を繰り返すのだった。

「アタシを殺して、なんて……」――と。

◆

「エリオさんが戻ってきたんですか⁉」

しばらくして、リナが慌てた様子で宿にやってきた。

肩で息をしている彼女は、壊れた建物の中をしきりに見回している。そして、すでにエリオさんが去った後だということを確認して、肩を落とした。

寂し気な表情を浮かべて、強く拳を握りしめる。

「リナ……」

あまりの落胆ぶりに、どう声をかけたらいいか悩んでしまった。

自身の姉との繋がりを持つ、その最期を知る相手――リナにとってのエリオさんは、特別な存在に違いない。ボクはまた倒れたアルナの介抱をしながら、眉をひそめた。

どうすればいいのか。

どうすれば、エリオさんを救うことができるのか。

「…………ん？」

それを必死に考えていた時だった。

「ねぇ、リナのそれって……」

ふと、少女の髪にある飾りが気になったのは。

「私の、簪ですか……？」

「それって、もしかしてこれと同じものなのかな」

ボクはエリオさんが反応を示した簪を取り出し、リナに示してみせた。彼女も髪飾りを外して、こちらに差し出してくる。

すると、すぐに分かった。

「これって、もしかしてリナのお姉さんの……？」

二つは微妙に異なるものの、まるで双子のようにそっくりだと。

こちらの問いかけにリナは首を縦に振る。

そして、こう言った。

「はい、お姉ちゃんの形見です。それは、まさか――」

震える声で。

「エリオさんの簪、ですか……？」

もう一つの簪を受け取った少女はそう口にすると、うつむき黙り込んでしまった。

どうやらこの髪飾りの存在は、彼女も知らなかったらしい。いったい、それにどのような意味があるのか。その答えを、ボクもまた黙って待った。

すると、しばしの間を置いて。

「こんなの、聞いてないよ……」

大粒の涙を流し、拳を震わせ、リナはそう言った。

「これじゃ、私がバカみたい。お姉ちゃんの大切な人のこと恨んで、勝手に悩んで……！」

「リナ……」

ボクが名前を呼ぶと、少女は面を上げる。

涙でくしゃくしゃになったそこに、しっかりとした意志を秘めた眼差しをもって。少女は貝殻でできた二つの簪を胸に抱いて、こう言うのだった。

「クレオさん。お願いが、あります……！」

強い決意を込めて。

「私もエリオさんのところへ、連れて行ってください！」——と。

◆

『まったく、エリオさまも女の子なんですから！　身だしなみには気を遣わないとダメなんですからね。ほら、こっちにきてください！』

『いや、あの……セナ？　アタシは、本当にこういうのは……』

『だぁーめぇーでぇーすぅー！　前にも言ったはずですよ、エリオさまは美人さんなんですから！　綺麗《きれい》にしていないと罪です！』

『罪って、そんな大げさな……』

　楽しい会話が、聞こえてくる。

『ほら、先日買った簪があるでしょう？　髪を結ってあげますから、こっちにきてください。そして大人しく、言う通りにするんですよ!!』

『わ、分かったから！』

　懐かしい声。

『はい、これで完成です！』

『う、うぅ……。やっぱり、恥ずかしい……！』

『そんなことないです。エリオさま、やっぱり綺麗です！』

大好きな彼女の、笑い声。

目頭が熱くなった。

『そんな、ことない。それを言うなら――』

素直になれないアタシは、彼女にこう告げる。

『セナだって、可愛いのに……』――と。


「…………」

エリオは闇の中で目を覚ました。

懐かしい、願いの欠片を見ていた気がする。これは――。

「セナ、本当に……」

願ってやまなかった未来。

ずっと一緒にいたかった一人の少女との、儚《はかな》い記憶。

エリオは血の涙を流しながら、無我夢中に、中空へと手を差し伸べた。

「会いたい、会いたいよ。セナぁ……！」

すすり泣く声が、響き渡る。

だが、それを聞く者は誰もいない。

聞き届ける者は、もう遠くへ行ってしまったのだから。

◆

「……居場所が割れたか」

帰還したエリオに侮蔑の念を抱きつつ、クラディオは静かにそう口にする。遠くを眺めるようにしてから、娘を収容した一室へと視線を向けた。

そして忌々《いまいま》しげに、こう口にする。

「よもや、あの娘の遺品がここまでの影響を与えようとは、な」

エリオを奈落の底へと突き落とすため、用意しただけの獣人の小娘。

そのつもりだった。それなのに、いつの間にか傀儡《かいらい》は意思を持ち、友人――あるいは、血の繋がらぬ姉妹のように振る舞うようになったのだ。

それをクラディオは嘲笑していたが、いまばかりは感嘆の声を漏らす。

「……まぁ、いい。これも一興よ」

普段ならば、怒り狂うところだろう。

しかし、この時の彼は不思議と落ち着いていた。

何故ならこれより、あの憎きクレファスの小僧がやってくるのだから。

「こうなるのも、決して悪くはない。最後は、私が手ずから――」

剣を持ち、彼は笑った。

「その醜い血の流れを、止めてやろう……！」

乾いた笑い。

あるいは、中身のない笑いにも思える。

「く、くははは……！」

その響きは、あまりにも『満たされないもの』だった。

# 第5章　両家の諍《いさか》い、その結末。

「アルナ、身体は大丈夫なの？」

「心配いらねぇさ。薬の効果が出るのを待っている暇はないだろ」

「でも――」

「でも、じゃねぇよ。ここまできて、今さら引き返せって言うのか？」

「…………」

ボクとアルナ、そしてリナの三人は王都の外れを歩いていた。

エリオさんが残していった膨大な魔力の痕跡。それを手掛かりにして、ひたすらに進んできたのだ。キーンやマキ、そしてマリンには王都で待機してもらっている。

ボクたちの帰りが遅かった場合に、動ける人がいてほしい。そう思ってのことだったのだが、今さらになって不安が顔を覗《のぞ》かせてきた。

それというのも、病み上がりのアルナという存在である。

彼には残るよう伝えたのだけど、頑として聞き入れなかった。

治り切っていないケガと、解け切れていない呪いを背負ったままの身体では無理ができない。そう考えたけれど、アルナは納得しなかった。

「まぁ、ワガママだってのは分かってる。でも――」

そう、今回の問題。彼にとっては、

「クレファスとリーディン、両家の問題で俺が出張らないわけにはいかない。それにこれは家のケジメでもあり、俺のケジメでもあるんだ」

「アルナ……」

家のこと以上に、大きな意味を持っているのだ。

かつての対決で競い合い、実力を認めた相手――エリオさん。そんな彼女が苦しんでいるのを放っておける性格ではない。幼《おさな》馴染《なじみ》として、彼の性分についてはよく知っていた。

そして、その苦痛の発端に関係しているとすれば尚更。アルナはその口振りなどから『ぶっきら棒』な印象を受けるけど、本当は心優しい人物なのだから。

「無茶は、しないでね？」

「分かってるさ。精々、足を引っ張らないようにするさ」

だから、これ以上は何も言えなかった。

こちらの気持ちを理解しているのか、彼は小さく笑みを浮かべる。そして、少し後ろへ視線を投げるのだった。

そこにいたのは、リナだ。

彼女もまた、エリオさんの身を案じる一人。

手には二つの簪《かんざし》を大切に握りしめて、緊張した面持ちで歩いていた。

「なぁ、嬢ちゃん？」

「え、あ。はい……？」

そんなリナに、アルナは声をかける。唐突に声をかけられたことに驚きつつリナが小さく応えると、少年騎士は悪戯っぽくニッと笑ってこう口にした。


「心配すんな。俺とクレオが、必ずあのバカと話をさせてやるからさ」——と。


リナのことを、気遣うように。

茶化すような笑みを浮かべながら、彼は冗談交じりに言うのだ。

「……はいっ！」

「嬢ちゃんは信じて待っていればいい。笑って、アイツを——エリオのこと、迎えてやってくれ」

アルナの言葉に、リナは小さな希望を見出《みいだ》したかのように笑みを浮かべる。

「分かり、ました……！」

そんな二人の姿を見て、ボクは思った。

「大丈夫です、エリオさん……」

貴女は決して、孤独ではない――と。

彼女のことを待っている人は、間違いなくここにいる。

「………」

だから、ボクは改めて決意を固めた。


――必ず救い出す、と。

そして、みんなが笑顔で手を取り合えるように。

◆

魔力をたどった先にあったのは、古ぼけた一軒の屋敷。

庭先の手入れなど微塵《みじん》もされていない様子で、外壁や窓は魔物に破壊されたのだろうか。どこも綺麗《きれい》な場所など見受けられなかった。

それに加えて、日陰に建てられていることもあって暗い。

おおよそ人が住むために作ったのではないのだと、そう思わされた。

「正面から、入るしかないか。二人とも気を付けて？」

「はい……！」

「分かってるさ」

ボクが声をかけると、リナとアルナは頷《うなず》く。

それを確認してからゆっくりと、正面玄関の扉を開いた。

「これは……」

するとまず、目に入ったのは大きなシャンデリア。

床に落ちたそれは、無残に壊れていた。ガラス片や、それ以外にも瓦礫《がれき》などが散乱しており、さながら迷宮のようになっている。奥もまともに見通せない不安が頭をもたげるが、しかしそれをぐっと呑《の》み込んだ。覚悟はもう、すでに決めているのだから。

最大限の警戒をした上で、ボクたちは中に足を踏み入れた。すると――。

「な、扉が……!?」

瞬間、玄関扉が勢いよく閉じた。

リナが慌てて開けようとする。しかし、なにか不思議な力が働いているらしい。扉はビクともせず、そしてそれは玄関扉だけではない。

魔力をたどってみると分かった。

「これはまさか、完全に閉じ込められた……ってか？」

魔法の素養がないアルナでさえも、それに気付いたらしい。

ボクは彼の言葉に首肯し、周囲を確認した。

「うん。結界魔法が張られている」

割れた窓からも『分厚い魔力』とでもいうのだろうか、とにかく一筋縄ではいかないと思われる壁があるように感じられる。

「………少しだけ想定外、かな」

警戒は十分にしていたはずだった。

それなのに、このような結果になるまで魔法の発動を微塵も感じ取れなかった。微弱な魔法であれば納得できる。しかし、この屋敷全体を覆うほどの強力な結界魔法なんて、考えられなかった。

おおよそ、その犯人は分かっているけど――。

「ようこそだな、客人たちよ」

いまは、それどころではなさそうだ。

声に反応して前を見ると、エントランスの最奥に一人の男性がいた。名前を聞かなくとも、いったい誰なのか分かる。きっと、彼が――。

「クラディオ……！」

アルナが、怒気を孕《はら》んだ声でその名を叫んだ。

すると男性——クラディオ・リーディンは、口角を歪《ゆが》めて答える。

「おやおや。誰かと思えば、クレファス家のご子息ではないか。何年振りだろうな、元気にしておったか？　こちらも生憎ながら時間がなく、挨拶に出向けず申し訳なかった」

「白々しい対応はやめやがれ。エリオはどこだ……！」

「アルナ、落ち着いてっ！」

煽《あお》るような口調に、思わず前に出そうになるアルナ。

そんな彼を落ち着けるように制してから、ボクはクラディオに言った。

「まずは、聞かせてください。どうして——」

「どうして、このようなことをしておるのか——か？」

「…………」

すると相手は言葉を遮って、そう目を細めて口にする。

ボクが黙ると、クラディオはニヤリと笑った。

「簡単な問いよな。そのようなもの、お主たちもとっくに結論は出ているだろう？」

そして、そう前置きをして一言でまとめる。

悪事に手を染めて、魔族との契約にまで手を出した理由。それは、

「嫉妬だ」——と。

なんの迷いもなく。

恥じ入ることもなく、クラディオは自身の感情に名前を付けた。

「嫉妬、だと……？」

それを聞いて我慢ならなかったのは、アルナ。

「てめぇの詰まらない感情に、エリオを巻き込んだってのか！　しかも、それを悪びれることもなしに、堂々と口にしやがって！　――ふざけんじゃねぇぞ、くそジジイ!!」

少年騎士は感情を爆発させる。

彼にとっては、許せることではなかった。

醜いと思える感情によって、何人もの人生が狂ったのだから。だがしかし、

「悪びれる……？　面白いことをほざきおるわ」

「なっ……!?」

対してクラディオは、怯《ひる》むことなく言った。

「なぜ、悪びれる必要がある？　なぜ、嫉妬を否定する？　――お前たちも感じたことはあるだろう。どうしても勝てない相手、届かない星に手を伸ばして努力を重ね、それでもなお至ることのできない屈辱の感情を。クレファスの子息よ、お主もよく分かっておるはずだ」

「そ、それは……！」

するとアルナが口ごもる。

そんな少年を見て、相手はまた笑った。

「受け入れるのだよ。嫉妬とはすなわち、力に他ならない。シンデリウス家の若造は憎悪を力としておったかな。それと同じく、感情というものは力になるのだ」

悦に入《い》るように。

その笑い声に、ボクは——。

「だからこそ、こちらは——」

「ふざけるな」

「……ほう？」

「クレオ……？」

我慢できず、そう口にしていた。

アルナとリナが、驚いたようにこちらを見てくる。

「嫉妬心を持つのは、人間なら誰にでもある。でも、それを誰か他の人に向けるのは別問題で、筋違い。ましてエリオさんやセナみたいに、無関係な人を巻き込むことも……！」

許せなかったのだ。

自身の悪事を肯定している相手が、アルナと己を同一視していることが。

「ほほう、ずいぶんと弁が立つな」

しかし、それでもクラディオは余裕綽々《しゃくしゃく》といった雰囲気で言う。

ボクはその悪びれない態度に対して、さらに怒りを抱いた。ただし、最大限に冷静を保つように心を割いてこう続ける。

「貴方がやっているのは、八つ当たりだ。一族の禍根だとか、因縁だとか、そんなのは言い訳に過ぎない。要するに――」

遠慮などない。

「これはすべて、貴方の子供じみたワガママが引き起こした事態。リーディンが取り潰しになった原因もなにもかも――すべての問題は、貴方にある」

「…………」

ボクは、クラディオにそう告げた。

すると彼は押し黙り、口角を軽く震わせる。そして――。

「ほざくなよ、若造が……！」

ついには語気を強めて、そう毒を吐いた。

どうやら化けの皮が剝がれたらしい。大物然としていた態度の奥には、隠しきれない醜態があった。外道も外道。自らの行い、思想を正当化してきた男の姿。

そして、それを全否定された故の憤怒。

――クラディオ・リーディン。

かつて貴族であったという誇り、栄光に拘泥し、執着し続けた男の末路。それはあまりにも無残だと、そう思った。

「クリム……！　クリムはいるか‼」

そんな彼は、ついに怒りを隠すことなく魔族の女を呼ぶ。

すると音もなく、彼の背後にクリムが現れた。

「いかがなさいましたか？　我が主」

「そこの生意気な小僧を摘まみ出せ！　不愉快だ‼」

「分かりました。それでは――」

そして、そう命じる。

直後にクリムは、ボクたちの目の前に移動していた。

おそらくは転移魔法、その上位互換。魔力の反応も微々たるもので、とっさに回避することはできなかった。

「貴方は、こちらに来てもらいますよ？」

「なっ……⁉」

クリムに腕を掴《つか》まれて、ボクは――。

「クレオ⁉」

「アルナ、リナ！　すぐに戻るから‼」

屋敷の外へと連れ出された。

「悪く思わないで下さいね？　一応、命令なもので」

「…………」

屋敷の外で、クリムはボクにそう言った。

黙っていると彼女は静かに、ひとつため息をつく。頬に手を当てて悩ましげに、やれやれと首を左右に振るのだった。

「本当に、主様は困った方です」

肩をすくめてそう言ったクリム。しかし、彼女はすぐに笑うのだ。

「でも、この憂いも今日で終わりますから」

「え……？　それって、どういう……」

「言葉のままですよ。私の見立てでは、主様は――」

心の底から、愉快そうに。

まるで主を主と、微塵も思わない口振りで。

「今日、この戦いで破滅いたします」――と。

◆

「さぁ、邪魔者がいなくなったところで。本日の主役に登場を求めるとするか。――出てこい、私の作り上げた最高の剣士よ」

クレオが去った直後。

仕切り直しといった様子で咳払《せきばら》い一つ、クラディオはそう言った。そして、まるで猛獣使いのような所作で指を鳴らす。

すると、現れたのは――。

「…………くっ！」

「エリオ、さん……！」

「アアア、アア……ア…………ッ！」

アルナとリナは、息を呑む。

どこから飛び出したのか分からないエリオが、シャンデリアの上に着地したのだ。激しい音を立てて、完全に崩壊するそれを気にもせず、彼女は獣のような呼吸をする。口の端からは涎《よだれ》が流れ落ち、だらりと垂らした腕には一本の剣が同化していた。

ただ以前と異なるのは、威圧感を放ちながらも苦しげであるということ。

そして、そんなエリオはこう口にするのだ。


「ニ、ゲテ……！」――と。


黒化した全身を震わせて。

人ならざる異形に姿を変えられ、血の涙を零しながら。

「コンナ、ノ、イヤダ……ニ、ゲテ……！」

「エリオ……」

必死に訴えかける彼女を見て。

しかし、アルナは静かに剣を構えた。そして、

「大丈夫だ、エリオ。お前は俺が――」

まるで親友と再会したかのような笑みを浮かべて。

「助けてやるから」

そう、優しい声で告げるのだった。

「ニゲテ、ッテ……イッテイルノニィィィィィイ⁉」

対してエリオは、そんな悲鳴を上げながら。

猛然とアルナへと肉薄し、ただただ乱暴な一撃を繰り出すのだ。それを真正面から受け止めた少年騎士を中心として、轟音《ごうおん》と共に粉塵《ふんじん》が舞い上がる。

「アルナさん……⁉」

リナの悲鳴が響いた。

だが、もう互いに止まることはない。

塵《ちり》の中から、いち早く抜け出したのはアルナ。彼は少女に危害の加わらない位置に身体を転がして、エリオの追撃に備えた。しかし——。

「なっ……⁉」

彼女が現れたのは、完全に想定外の位置。

アルナの警戒する視界をいかに潜り抜けたのか、それは分からない。ただ事実として、エリオはすでに彼の背後を取っていた。そして、剣ではなく乱暴な拳を少年の腹部に叩《たた》き込んだ。

「————」

声にならない痛みに表情を歪め、アルナは遥《はる》か先の壁に激突する。

それを見て、大きな声で笑ったのはクラディオだ。

「くははははははは！　無様！　なんとも無様‼　さすがのクレファスも、私の作り出した最高傑作——魔族と融合した剣士には歯が立たぬか‼」

「アルナさん‼」

その声が響き渡る空間で、アルナは剣を支えにしてどうにか立っていた。

眼前には黒化——クラディオ曰《いわ》く、魔族と融合したエリオがいる。だらりと腕を垂らし、剣を構えることはない。いまの彼女の振るう剣に、型などない。

あるのは一つ、凶暴性のみ。

人間の限界を超えた動き、力によって繰り出される斬撃は、連戦を重ねるアルナの体力を明らかに削っていた。それだけでなく、加えて少年騎士は手負いだ。

クラディオもそれを知っている。

知った上で、アルナが苦しむことに愉悦感を抱いているのだ。

「アルナさ——」

「嬢ちゃんは、下がってろ‼　近づくと、危険だ！」

「でも、このままだとアルナさんが……！」

思わず駆け寄らんとする少女に、必死の形相で待ったをかけるアルナ。

酸欠に陥っているためか彼の視界はいま、ひどく霞《かす》んでいた。それでも、逃げることは絶対にできない。——否、逃げるわけにはいかなかった。

そもそもとして、その選択肢がないのだ。

この勝負は彼にとっても、特別なものだったから。

「なぁ、エリオ……？　お前、本当に苦しかったんだな」

長年願っても叶《かな》わなかった夢の実現であり、悲願であったから。

その気持ちが、口を衝《つ》いて出る。

「訳も分からずに辺境に飛ばされて、そこで何があったかは知らない。でも、こんな滅茶苦茶になるまで精神をすり減らして、さ」

剣の柄を握りしめる。

「ずっと、我慢していたんだろ？　ずっとずっと、後悔していたんだろ？　――本当に、本当に苦しかったよな。悲しかったよな。不安、だったんだよな……」

アルナは剣を構えた。

そして小さく、少年らしい無垢《むく》な笑みを浮かべる。

「だから、もう終わりにしようぜ。ここで……！」

時間が止まったような、その瞬間に。

アルナは、一足飛びにエリオへ斬りかかった。

まさに瞬く間に。誰も目では追い切れない速度で、彼女に肉薄した。懐に潜り込んで、振るった剣はエリオの喉元を切り裂くだろう。

そう、思われたが――。

「ア、アァァァァ⁉」

「がっ⁉」

その動きすら読んでいたかのように。

エリオは乱暴にアルナの身体を薙《な》ぎ払った。幸いその一撃も既《すんで》のところで剣で受け止めたため、少年は強《したた》か床に身体を打ち付けるだけで済んだ。それでも、相当なダメージにはなったが。アルナはふらつきながらも立ち上がり、ゆっくりと剣を構え直した。

「本当に、本当に……！」

そして、うわ言のように何かを口にする。

あまりに小さな声は、音になる前に空気の中に溶けていった。

彼の虚ろな瞳には何が映っているのだろうか。あるいは、自分の思い描いたエリオという好敵手との戦いだろうか。仮にそうなら、それはもはや祈りに近かった。

だが、

「エリオよ、いつまで遊んでいる？」

そんな二人の戦いに口を挟む者があった。

言うまでもない。その人物とは、クラディオ・リーディン。

彼は自ら攻め込まない娘の姿を見て、あからさまな怒りを込めて言った。

「積年の恨み、ついに果たす時だぞ。手早く済ませろ！」

無慈悲に、殺せ――と。

その言葉に肩を弾ませるエリオ。

彼女は頭を抱え込んで唸《うな》った後に、剣を構えた。そして――。

「ア、アァァァァァァァァァァァァァァァァァァァァァァ!!」

絶叫しながら、棒立ちのアルナに迫った。

「エリオさん!!」

だが、その時だ。

ついに堪《こら》え切れなくなったリナが――。

「嬢ちゃん!?」

二人の間に、身を投げ出した。

そして、エリオの剣は……。

◆

「破滅する……？」

「えぇ、そうです」

ボクの問いかけに、クリムはくすりと笑いながら頷いた。

そして愉快極まりないといった風に、こう続ける。

「あの人間は破綻していますから。魔族である私から見ても、醜悪でおぞましい。同時に、己の感情をコントロールできない幼稚さがある」

「…………」

「ですから、御し切れない力を手にしたら——崩壊しますわ」

そう言って、視線を屋敷の方へと投げた。

「さて。そろそろ、動きがありそうですね」

「貴女は——」

「なんでしょうか？」

そして、話を進めようとする。

だがボクはそんな彼女に、こう問いかけた。

「貴女は、誰の味方なんですか？」

すると、一瞬だけ真顔になってから。

クリムは意地の悪い笑みを浮かべ、こう答えるのだった。

「私は人間の味方などしませんわ。私の真の主は――」

静かに、ただ静かに。

「愚かな人間によって闇に呑まれた、あの方のみ」――と。

◆

あの時の感触は、今でも覚えている。

少女の柔らかい身体に、自身の手にした刃が食い込み貫いた。

肉を断つ生々しい感触と流れる血。アタシはそれを見ないふりをした。

「ア、アァァァ……」

それなのに、どうして。

今この場においても、同じ光景を見ているのだろう。

「おい！　嬢ちゃん、大丈夫か⁉」

仇敵《きゅうてき》である男が、獣人の少女に声をかけていた。

溢《あふ》れる血を必死に止めている。それを見て、アタシは――。

「セ、ナ……」

頬に涙が伝うのを感じながら、ある日のことを思い出した。

『えっと、その。セナの妹なら、アタシにとっても妹みたいなものだな、って』

『…………え？』

ある日のことだった。

アタシの髪を結ったセナに、そう冗談を言ったことがある。彼女の妹の話を聞いて、アタシもまたその中に入ってみたいと本気で思った。

だから、思わずそんな言葉が口から出たのだ。

『あはは！　私に髪を結われてる間は、エリオさまが妹ですよ！』

『そ、そんなことはないだろう⁉』

しかし、返ってきたのは無邪気な否定の言葉。

アタシは少しだけショックを受けながら、セナにそう言い返した。だけど彼女はずっと笑い続けて、こちらの抗議を聞く様子はない。

　こうなっては仕方ない。

　そう思って、不貞腐《ふてくさ》れようと考えた時だった。

『でも。もし、本当に家族になれたのなら――』

『え……？』

　セナが、どこか寂しげな声でそう言葉をこぼしたのは。

　どういう意味なのか、それを問おうとした。

　すると、それより先に――。

『ねぇ、エリオさま？』

　少女が、こう口にした。

『私に何かあったら、妹のことをお願いして良いですか？』

『え、それってどういう？』

『あの子はまだまだ幼くて、意地っ張りで、ワガママですけど。エリオさまと一緒なら、きっと幸せになれると思うんです。だから――』

『セナ……？』

　涙を堪えるような、そんな声で。

『妹を、リナを――よろしくお願いいたします』

アタシのことを後ろから抱きしめながら。

セナは、想いを託したのだった。


それを、今になって思い出した。

大切な女の子との、かけがえのない約束を。

「セ、な……？」

アタシは剣を取り落とした。

カランという乾いた音がして、足元に転がる。

ふと、その方向へと目をやると、そこにあったのは――。

「――――!!」

リナの手から零れ落ちた、二つの簪。

間違いない。アレは、セナとの思い出の品だった。

「ア、あぁ、あぁぁぁ……！」

膝から力が抜ける。

涙が止まらない。簪に手を伸ばし、拾い上げる。

アルカの街、その露店で買った。小さな飾りのついた安物だけど、かけがえのない宝物。他でもない、アタシとセナの絆《きずな》のはずだった。

「アタ、しは……！」

それなのに――！

「アァァァァァァァァァァァァァァ!?」

アタシは、また繰り返した！

大切な約束だったのに、また……！

「もう、イヤだぁ……！　こんなの、イヤだよぅ……!!」

涙が止まらない。

どうしたら良いのか、まるで分からない。

アタシはもう、どうしたら――。


「大丈夫ですよ、エリオさん……」

その時だった。

目の前の少女の口から、そう声が聞こえたのは。

◆

「はい。リナの傷は深いですけど、急所は外れています！　これならボクの治癒魔法でも、助かります!!」

「え、その声は——クレ、オ？」

「そうです。リナの意識はまだあります！」

ボクはリナの傷口を確認しながら、エリオさんにそう告げた。

思い出の簪を見たから、だろうか。彼女にかけられた融合の呪いは解け始めていた。先ほど外でクリムが言っていた通り。

彼女はボクに、こう語った。

『そもそも、純粋な魔族というのはあの御方から生まれる者のみ。下賤《げせん》な人間風情《ふぜい》が魔族になれるはずがないのですよ。これはあくまで——』

ニヤリと、口角を歪めて。

『ちょっとした実験にすぎませんわ』——と。

その言葉と共に、彼女は姿を消した。

ボクは同時に結界魔法が解けたのを認めて、中に駆け込んできたのだ。

「う、うぅ……！」

「リナ、リナ……!!」

獣人の少女の治療をしていると、元の姿に戻りつつあるエリオさんが彼女の手を取る。そして必死に名前を呼ぶのだ。

リナはうっすらと目を開けて、微笑んだ。

「よかった。貴女は、お姉ちゃんの仇《かたき》じゃなかったのですね？」

「え……」

そっと手を伸ばして、エリオさんの頬を伝う涙に触れて。

「じゃないと、こんな綺麗な涙は流せないですから」——と。

絆の証明である二つの簪をそっと握らせて。

本当に嬉《うれ》しそうに、笑う。

「貴女はきっと、お姉ちゃんの大切な——お友達だったんですね」

「リナ……」

「だから、もう泣くのはやめましょう？　お姉ちゃんも、それを望んでいます」

「うん、うん……！」

リナの小さな手を握り締めて、子供のように何度も頷くエリオさん。今までずっと、凝り固まっていた何かが、ゆっくりと解けていくのが伝わってくる。

そして、少女もまた嬉しそうに笑うのだ。

「えへへ。ありがとう、エリオさん」

その瞬間だった。

エリオさんの身体を、光が包んだのは。

眩《まばゆ》い輝き。それが収まった時、そこにいたのは——。

「なんと、いうことだ……！」

クラディオが動揺し、声を震わせる。

何故なら、エリオさんはいつもの姿に戻っていたのだから。

それはつまり、彼が今まで企んできたことが瓦解した証左だった。驚愕《きょうがく》に表情を歪めるクラディオ。しかし、彼のそれは間もなく憤怒のものに変化するのだ。

「許さん、許さんぞ……エリオォ！」

クラディオは額に手を当てて、怨《えん》嗟《さ》を口にする。

「二度、いいや三度に渡って『親の期待』を裏切りおって……‼」

それは、あまりに醜い言葉。

ボクは立ち上がり、剣を掲げて宣言した。


「貴方の期待は、間違っている」――と。


するとそれに頷いたのは、アルナだった。

「その通り、だな。親ってのは、決して子供の飼い主じゃねぇ。子供には子供の権利や意思があって、それを尊重して育む役割だ。御主人様じゃねぇんだよ！」

「なにを……！」

歯ぎしりをするクラディオ。

そんな彼を尻目にボクとアルナは、リナを支えるエリオさんに手を差し伸ばした。そして笑いながらこう言うのだ。

「一緒に戦おう、エリオさん！」

「ずいぶんと時間がかかっちまったな、エリオ！」

その光景を目の当たりにした彼女は一瞬、状況を呑み込めずに呆《ほう》ける。

だが――。

「エリオさん、行ってきてください」

「リナ……」

少女の笑顔に後押しを受けて、頷いた。

力強く、涙を拭って立ち上がり、再び剣を取る――！


「すまない、二人とも。――ずいぶんと遅くなった！」


そして、いつもの凜《りん》とした表情になりそう叫んだ。

ボクたちは剣を合わせて、団結を誓う。

「行くぞ、クラディオ……！」

きっとこれが、両家の禍根と因縁を巡る最後の戦いだった。

「許さん、許さんぞ……！」

クラディオは肩を震わせ、そう何度も口にする。

ボクたちは彼を睨《にら》みつける。――だが、その時だ。

「貴様らなぞに、このクラディオは屈したりせぬ！　嫉妬の炎を燃やし続け、ついに至った境地を見せてやる……！」

「クラディオ、なにを――」

「これさえあれば、この老いた身も蘇《よみがえ》る！　そして、貴様らに負けぬ力を!!」

「待て、それはまさか……！」

彼が一つの瓶を取り出し、中に入った液体を飲み干したのは。

こちらの言葉など聞く気もなかったらしい。ニタリと笑みを浮かべた後に、クラディオの身体には異変が起きた。

「お、おぉ、おぉぉぉぉぉぉぉぉぉぉ!?」

彼の身体が、黒い靄《もや》に包まれる。

そして、それが払われた時に現れたのは――。

「これ、は……!?」

「エリオと同じ、だっていうのか！」

全身が黒化した『魔族になり損ねたバケモノ』だった。

エリオさんと同じかとアルナは言ったが、それ以上に禍々《まがまが》しい。身体中の皮膚が爛《ただ》れ、ところどころから黒い煙が噴き出していた。

口と思《おぼ》しき位置からは、赤い液体を吐き出し続けている。

『きざ、まらには、まげなぃ……!!』

不明瞭な発音で、クラディオだった者はそう言った。

そして次の瞬間に――。

「なっ――!!」

「アルナ、危ない!!」

その言葉よりも先に、クラディオはアルナに肉薄した。

身体と一体化した剣を振り上げて、乱暴に叩きつける――!

「あ、ぶねぇ……!」

寸前で回避したアルナは、後方に飛び退《すさ》り体勢を整える。

ボクとエリオさんは、動きの止まったクラディオを後方から斬り付けた。しかし――。

「消えた……!?」

「――っ!　エリオさん、左!!」

「な!?」

轟音響き渡り、エリオさんに黒い塊が衝突した。

吹き飛んだ彼女は壁に衝突し、苦悶《くもん》の声を吐き出す。

「こ、これは――」

少しばかり、不味《まず》いことになった。

ボクはクラディオと向かい合って剣を構えて、そう思う。

「どうする、クレオ！」

攻撃を躱《かわ》しながら、アルナがそう叫んだ。

幸いなことにクラディオの攻撃は、すべてにおいて直線的。数を重ねれば回避もできるようになってきた。

しかしそれ以上の問題がある。

「速すぎて、攻撃する隙がない……！」

そう、反撃ができないのだ。

それは単純に、圧倒的なまでの速度の差による問題。だが、だからこそ難解でもあった。

純粋な能力であるがゆえに、根本から解決しなければならない。

「なにか、足止めする方法を探さないと……！」

しかし、そう簡単に答えは降ってこない。

ボクたちはひたすらに、クラディオの高速攻撃を避《よ》け続けた。

「考えろ、考えろ……！」

必死に思考を巡らせる。

それでも、答えは出てきてくれない。

もうここまできたら、偶然でもなんでもいい。なにか――。

『あら、思った以上に苦慮しているようですね？』

「……クリム⁉」

そう思った時だった。

ボクの背後から、あの魔族の声が聞こえたのは。

とっさに振り返るが姿はない。どうやら、何かしらの方法で声だけを飛ばしているらしい。

『魔族の弱点、知りたいですか？』

「……なんの、つもりだ」

『いえいえ、楽しんでいるだけですよ』

「…………」

笑い混じりの声。

ボクは少しばかり不快感を抱きながらも、黙るしかなかった。

すると、それを了承と受け取ったのか。彼女は楽しげに、ヒントを出してくる。

『魔族すべてではありませんが、そうですね――』

ボクはそれを聞いて、ハッとした。


「くそ、なんだってんだ！」

「アルナ！　大丈夫か！」

「大丈夫だ。エリオはどうだ！」

「アタシは無事だ。それより――」

アルナとエリオは、二人でクラディオの注意を引き付ける。

互いに連携しているが、これも体力の限界だった。大丈夫と口にしながらも、それぞれ肩で息をしている。思わぬ苦戦に少年騎士の方が、苛《いら》立《だ》ちから舌を打った。

その時だ。

「二人とも、ボクに案がある！」

クレオが、そう声を上げたのは。

エリオとアルナは、少し驚きながら顔を見合わせる。

そして、即決した。

「分かった、任せる！」

「クレオが言うんだったら、正解だろ！」

彼への信頼をもとに。

二人は、彼の声に耳を澄ませた。すると聞こえたのは――。

「状況はエリオさんの時と同じだ！　だから、悪いけど――」

クレオは、こう叫んだ。

「二人には、囮《おとり》になってもらう!!」――と。

◆

私はとにかく、恨めしかった。

クレファスという家が、そしてそこに生まれた者たちが。

リーディン家はいつもそうだ。奴らの陰となり、汚れ仕事ばかりを押し付けられ、迫害され続けてきた。その果てにあったのは取り潰し、没落という結末。

辺境へと追いやられ、鬱屈とした日々を過ごした。

一族の者たちにも絶望したのは、いつだったか。

彼らは自ら何もせずに、ただ不平不満を口にするだけだった。誰も私を手助けすることもなく、毎日のように、漠然とした不安を述べるだけの木偶《でく》の坊。

事の発端はどこなのか。

それは考えても、致し方のないことだったかもしれない。

だが私に残された怒りの捌《は》け口は一つだった。

「クレファスに生まれたこと、リーディンに生まれたこと、ただその違い」

そう、私にはなんの落ち度もない。

生まれた時から、すべての行く末は決まっていた。

どちらに生まれたか、それだけが、すべてを決めているのだ。

「ならば、すべてを壊そう」

クレファスも、リーディンも。

両家共倒れになってしまえば差異などない。

そう決意したのは、いつの日だったか。私は文献を紐解《ひもと》いて、魔族との契約方法を発見した。そしてそれを達成するために、長い年月を費やしたのだ。

『貴様の剣には邪念がある』

魔法学園生時代、クレファス家嫡男であったアイツはそう言った。

どの口がそう言うのか。私は腹立たしかった。

すべては貴様らのせいなのだ。

だから、私は——。

◆

「さーて、準備はいいか？　――エリオ！」

「あぁ、任せておけ。アルナ！」

クラディオの動きが止まったのを見計らって、二人はそう声を掛け合って集まる。そして、あえてバケモノの目の前に姿を晒《さら》すのだった。

するとクラディオは目の色を変えて、一直線に二人へ猛進する。

『壊す、壊す壊す壊す壊すゥゥゥゥゥゥ!!』

ひび割れたような声で、クラディオは得物を振りかぶった。

それを振り下ろすタイミングを計って、アルナとエリオさんは同じ方向へ回避。クリムの言う通り、あいつの標的はあの二人なのだ。

つまりボクのことは眼中にない、ないしは優先度が低い。

「だとすれば、隙はいくらでも……!!」

壁に激突したクラディオ。

そのがら空きの背中へ目がけて、ボクは――。

「光を纏《まと》え――【セイクリッド・ライト】！」

剣に光のエンチャントをかけながら、思い切り振り下ろした！

黒化した皮膚を、眩《まばゆ》い光が抉《えぐ》っていく。

肉を断つ感触があり、そして――。

「が、は……⁉」

――ビクリ、と。

クラディオの身体が脈打つのが、分かった。

次いで溢れたのは、人のものとは思えない黒き血液ともいえない何か。勢いに任せて剣を振り切ると、彼の身体が綺麗に真っ二つになった。

臓器などはなく、ただ黒いヘドロ状のものが流れ出る。

「離れろ、クレオ！」

「うん……！」

アルナの言葉にハッとした。

そしてすぐに、後方へと飛び退る。すると――。

「……え？」

なにかが、聞こえた。

それは若い男性の声だったようにも思える。

『私は、悔しかった』――と。

彼はそう言うと、堪え切れずに泣き始めた。

いったい自分はどうすれば正解だったのだろうか、と。

どのように振る舞い、どのように訴えればよかったのだろう、と。

それは、あまりに大きな重圧によって言えなかった、そんな言葉に思えた。

だからボクは、思わず――。

「素直に、言えばよかったんです」

『え……？』

そう、口にしていた。

声のする方へと、ゆっくり歩み寄りながら。

背中にはアルナとエリオさんの、呼び止める声を受けながら。

「貴方はきっと、自分が思うほど醜くないです。誰もが、少なからず苦しい気持ちや、嫉妬を持って生きています。だから、どうか――」

ボクは、黒いヘドロへと手を差し伸べて。

泣き続ける男性へ、伝えた。

「もう、一人で泣かないで下さい」――と。


不思議な時間だった。

ボクの言葉は、果たして涙する男性に届いたのだろうか。

そう思っていると、彼は小さくこう言うのだった。

『君は、私を笑わないの、か？　リーディンに生まれ落ちながら、かの【伝説の英雄】のような存在になりたいと夢見た私のことを。本当に笑わないで、いてくれるのか……？』

「笑いませんよ。そんな真っすぐな心を笑えるはず、ないです」

『そう、か。そうか……』

そして、今度は感極まったように唇を震わせて。

『あぁ、あぁ……！　最期に、君に会えてよかった……』


そう、言い残して。

黒いヘドロが霧となって消えていく。

最後に残されたのは、クラディオの遺体だけ。
ただ深い皺《しわ》の刻まれた彼の顔には、どこか安心したような表情があった。

# エピローグ　新たな象徴に。

「とりあえず、これで一件落着だな」

「うん。エリオさんは、少し複雑かもしれないけど……」

ボクとアルナは、宿の談話室で二人話していた。

彼の呪いも薬の効果で見事に完治。魔族の呪いだったから一抹の不安があったけれど、杞憂《きゆう》で済んだようだった。

そんなわけで、アルナはひとまず実家に戻って話をまとめてきたわけで。

いまはその報告を聞いているところだった。

「それで、リーディン家はどうなるの？」

「あぁ、そうだな……」

ボクが訊《たず》ねると、アルナは背もたれに身を預けながら天井を見上げる。

そして、一つ息をついてから言った。

「まず、リーディン家はもとから取り潰しになっている。だから、今回の一件による処罰でリーデイン家、って文言は一言も出てきてねぇよ」

「そっか。じゃあ、エリオさんも？」

「そうだな。アイツは実行犯だが、被害者でもある。傷を負ったのも俺一人だから、俺が訴えなければ問題にはならないさ」

だから、問題は別にある。

アルナはそう言って、少し真剣な表情になった。

「実は、な……」

目を細め、ボクを見る。そして——。

「国敵を討ち果たした手柄を讃《たた》えて、リーディン家を再興させてもいい、って話が出ているんだ」

「え、リーディン家の再興⁉」

まさかの言葉を口にした。

ボクは驚きと歓喜、そして困惑が入り混じった叫び声を上げる。しかしアルナの方は至って冷静に、こう続けるのだった。

「だが、これはまだエリオに話していない。だから……」

「あぁ、そっか」

そこまで聞いて、ボクは納得する。

この話を受けるかどうかは、彼女次第だ。だから——。

「エリオさん、どうするんだろうね……」

ボクはこの場にいない彼女がどうしているのか。

そのことに、少しだけ思いを馳《は》せるのだった。

◆

「ここが、セナのお墓……？」

「はい。そうです」

「そう、か……」

エリオとリナは、王都から遠く離れた辺境の森にやってきていた。

自然豊かなその場所には、木の枝で作った十字架の墓がある。つい最近までリナが手入れをしていたのだろう。周囲には、まるで死者を祝福するような花が咲いていた。

エリオはその前に両ひざをつく。

そして――。

「セナ、きたよ。遅くなってごめんね……？」

そう、静かに言った。

大粒の涙を流しながら、彼女は大切な『家族』に伝える。

「アタシね、やっとセナの死に向き合えたんだ。あの時、リーディンの家が賊に襲われた時に、セナが言ってくれたことをやっと、受け止められたから」

『きっと、エリオさまが助けにきてくれますから！』

「でも、アタシはセナを守れなかった。だから、ずっと逃げていたんだ」

弱かった自分が、零した小さな命。

エリオは何年もの間、それをずっと悔んでいた。

身を寄せた辺境の家に賊が侵入し、セナは人質として囚われた。エリオはそれを助け出そうと奮闘したが、その結末はあまりに残酷で――。

「最後の言葉は、今でも覚えているよ。セナは、アタシの中に生き続けている」

だが、その苦しみも今日この時まで。

エリオは涙を拭って、小さく微笑んで墓を見つめる。すると――。

『やっぱり、エリオさまは美人さんです！　笑顔がよく似合いますから!!』

無邪気な少女の声が聞こえた。

そんな、気がした。

「もう、大丈夫ですか？　……エリオさん」

「うん、ありがとう。リナ」

立ち上がり、柔らかく微笑む少女にそう答える。

あの日のセナにそっくりだと、心の底からエリオは思った。


過去は変えられない。

死んだ人間は戻ってこない。

それは、どうやっても覆せない現実だ。


「それでも……」

だが、エリオは思う。

その人が生きた意味を作り出すのは、きっと残された者たちだ、と。

あの日、給仕としてやってきた獣人の少女のことを胸に刻み。

エリオはゆっくりと、一歩を踏み出すのだった。

◆

「二人——エリオさんとリナが帰ってくるまで、しばらくあるよね。その返事って、いつまでにっていうのはあるのかな？」

「いや、そっちに期限はない。ただ——」

「ただ？」

「あっちの件について、発起人さんがそろそろ辛抱の限界らしくてな」

「…………発起人？」

引き続き、宿の談話室で。

ボクとアルナはそんな話をしていた。

彼の言葉はいったい、どういう意味なのだろう。そういえば、以前に改革が始まった、とか言っていたけれど。彼が発起人というわけではないのだろうか……？

「その発起人さんって、誰なの？　ボクも知っている人？」

「あー、まぁな。たぶん、よく知ってるどころじゃない、と思うぜ？」

「え、誰なんだろう」

父さん──では、ないだろうし。

ボクには一人だけ妹がいるけれど、まだ幼いし。そんな発言ができるとは思えなかった。だとすれば、学園時代の誰か、ということになるのだけど。

「………………………………………あー、うん」

いや、一人思い当たった。

けれども、その可能性は限りなく低いようにも思える。

「まさか、さ。アルナ？」

「いや、クレオ。そのまさかで──」

「そうですね。そのまさか、でしょう」

「…………へ？」

そう考えながら、ボクはアルナに笑いかけていたのだが。

その笑みは一瞬にして、引きつったものになった。何故なら宿の入口方向から、幼いころから知っている女の子の声が聞こえたのだから。

ボクは硬直した笑みのまま、その声の方へと目を向けた。

すると、そこに立っていたのは……。

「お久しぶりですね、クレオ」

「リ、リリアナ⁉」


この国の王女であり王宮魔法使い。

間違いなく、いまガリアを動かす最前線の人物で幼《おさな》馴染《なじみ》。


――リリアナ・ガリア・アリテンシア。


民衆に紛れるような装いをした彼女は、ボクを見てにっこりと笑った。

「ど、どうしてここに……⁉」

「どうしても、なにもありませんよ。私は貴方を連れ戻しにきたのです」

「連れ戻すって、どういう……？」

こちらが首を傾げると、リリアナは深いため息。

そして、こう告げるのだった。

「貴方にはこれから、大きな仕事をしてもらいます。そして――」

まるで、それが運命であるかのように。

「いつか、この国の新たな象徴となってください」——と。

あまりに大それた発言に、ボクは思わず呆《ほう》けてこう繰り返した。

「しょう、ちょう……？」

全然、ピンとこない。

しかし、リリアナの顔は真剣そのものだった。

# 巻末書き下ろし　薬師《くすし》少女と惚《ほ》れ薬《ぐすり》。

クレファス家とリーディン家の問題が一段落した頃。

「い、いひ……！　ついに完成ぃ……！」

スロバスナ家の一室では、アスタが独特の笑い声を発していた。

薄暗い、間接照明のようなものの明かりしかない部屋。解呪魔法の専門書がうずたかく積まれ、散らかっているように思えるが、彼女にとってはこれで整理整頓ができているのだ。その証拠として、どこに何の本があるか、と訊《き》かれれば即答することができる。

要するに、アスタという少女にとっては、この環境が最も快適な環境であった。

「ふ、ふふふふふ」

そんな彼女の作業机の上。

置いてあるのは、紫色の液体が入った一つの小瓶。そして、分厚い本が一冊。

ただし、それらは積み上げられた本とは異なる分野のものである様子。ボサボサ髪の少女は、研究の成果たる液体を見つめながら、どこか蕩《とろ》けたような表情を浮かべていた。

そして満足げに、その正体を口にする。

「惚れ薬の改良版……！　これさえ、あれば！」

――そう。

アスタが完成させたそれは、惚れ薬である。

以前にも試作品は完成していたのだが、アルナのために解呪薬を作っていたため、本格的な完成が遅れていたのだった。しかし、その問題も解決したいま、彼女を阻む障害はないのだ。

それどころか、アスタへの資金援助を申し出た人物もいる。

その人物、というのは――。

「シンデリウスの子も、よ……喜んでくれる、かな……？」

マリン・シンデリウスであった。

シンデリウス家の前当主であったカオンが急逝し、取引先の一つであったアスタの家族も葬儀に参列することになったのだ。そこで二人は学園を卒業後、久しぶりに顔を合わせることとなり、とある目的のために手を結んだのである。

目的、というのは言うまでもなく惚れ薬の生成だった。

元々はマリンからの申し出だが、アスタという少女は外見に反して好奇心旺盛。そこに加え、個人的な思惑も絡んだため、学友の頼みを快く受けたのだ。

「よ、よし……配達、しよう！」

そんなこんなで、アスタは意を決したように身支度を始めた。

これは、一人の薬師少女の身に起こったお話である。

◆

「あら？　あちらの愛らしいお嬢さんは、どちらのご令嬢かしら」

「このあたりでは見かけませんわね。王都の方ではないのでしょうか？」

王都ガリアの貴族が住まう地域。

そこの道で楽しげに会話をする令嬢たちが、一人の少女を見て口々にそう話していた。視線の先にいたのは、どこかおっかなびっくり、怯《おび》えながら歩く小柄な美少女。

後ろで結んだ長く美しい黒髪に、円《つぶ》らな黒い瞳。顔立ちは芸術品の類いとして扱われる人形のようであり、すれ違う男性貴族はみな一様に振り返っていた。もっとも当の本人はそれに対し、悪い噂《うわさ》をされているのだ、と勘違いしているのだが。

「ひぅ……！　き、貴族街は、慣れないな……！」

その美少女こと、アスタ・スロバスナは忌々《いまいま》しげにそう口にした。

黒のワンピースドレスに、惚れ薬の入った小さなバッグで時折に顔を隠しながら。彼女は警戒心最大の状態で、目的地であるシンデリウス家へと向かっていた。

日の光を極端に嫌うアスタが、今日のような昼間時に外出するのは珍事。そのため彼女は今日、薬の配達をするはめになったことを恨めしく思っていた。

しかし、完成したそれを早く届けたい気持ちがあったのもまた事実。

「でも、シ……シンデリウスの子が、喜んでくれる……なら……」

それにマリンの喜ぶ顔が見たい。

アスタにとって、彼女は数少ない友人の一人であり、特別な思い入れのある相手でもあった。そんな相手が切望しているものだ。急《せ》く気持ちも当然、というもの。

「つ、ついた……！」

――と、いうわけで。

アスタはようやく、シンデリウスの屋敷前に到着した。

葬儀の時のような人の群れもなく、存外に閑散とした印象を受ける。使用人もそこまで雇っていないのか、本当に静かだった。それによって少女は少し気持ちを落ち着けることができたが、呼び鈴を鳴らすとなると、引っ込み思案な彼女には再び緊張が走る。

「う、うぅ……」

結果として、一歩を踏み出せないまま数十分が経過。

慣れない日差しの下、大粒の汗を流しながらアスタは立ち尽くしていた。そして、今日は諦めて帰ろうか、とすら考えた時である。

「ん、嬢ちゃんどうした。マリンかマキの友達か？」

「ふえ……？」

背後から、野太い男性の声が聞こえてきたのは。

聞き覚えのないそれに不意を突かれて思わず振り返ると、そこにいたのは可愛らしいエプロン姿の大男――ゴウン・オルザールだった。

自身の倍はあろうかという筋骨隆々な身体つきに、アスタは驚愕《きょうがく》した。そして直後、我に返った彼女の顔は一気に青ざめていく。

人見知りの引っ込み思案で臆病者。

それに加えて、少女は強面《こわもて》の男性が大の苦手だった。そのため、

「ひ――」

「……ひ？」

表情を引きつらせ、叫ぶのだ。

「ひえええええええええええええええええええええええええええええ⁉　こ、殺されるううううう

うううううううううううううううううううう!?」——と。

完全に腰を抜かしたアスタの絶叫が、近隣に響き渡った。

「ちょ、え？　お前、まっ——」

「何事だ！」

その結果として、貴族街を警邏《けいら》している兵士が駆け寄ってくる。

そんな相手が目にしたのは、一見して少女を襲おうとしている強面で大柄な男の姿だった。そうなると誤解は誤解を呼ぶことになり、騒ぎは騒ぎを引き寄せる。

他の屋敷からも、野次馬が集まってくることとなった。すると次は、人混みを極度に嫌うアスタにとって最悪の環境になるわけで——。

「う、うわあああああああああああああああああああああああああああああああんっ!?」

——可憐《かれん》な美少女、大号泣。

周囲の人々の視線をさらに集める形となるのだった。

この状況に一番焦ったのは、説明するまでもなくゴウン。彼はあまりの出来事に挙動不審になりつつも、必死になってアスタを泣き止ませようと接近を試みた。

しかし、そうなると強面が迫るわけで……。

「な……嬢ちゃん、落ち着け！　もうこれ以上は——」

「死にたくないいいいいいいいいい⁉」

「だあああああああ⁉　誤解を招くからやめてくれえええええええええ‼」

ゴウンの形勢は、さらに悪化する。そして、

「おい、そこのお前。少し話を聞かせてもらおうか？」

「な、俺様は何もしていないぞ⁉」

「嘘《うそ》をつくな。いいから、こっちにこい！」

「なんでだああああああああ⁉」

必死の抗議も空《むな》しく、彼は兵士に連行されるのだった。

事件も解決したのを見て、周囲の者たちも散り散りに去っていく。そうやってしばしの時間が経過して、最後は膝を抱えたアスタだけがぽつんと残されることとなった。

そんな彼女に、続いて声をかけたのは……。

「あら、アスタ。わざわざ来てくださったのですか？」

「あ……！」

不思議そうに首を傾げる友人、マリン・シンデリウスだった。

◆

「なるほど、これが例の薬ですのね……？」

「う、うん……！　あ、でも効果は一時間……！」

「大丈夫ですわ。一時間あれば、既成事実を作るなんて容易ですもの！」

リビングに通されたアスタが、惚れ薬の効力を説明した。

効果は一時間。そして、飲んでから最初に見た相手に好意を抱く。

なかなかに難易度が高いように思われるが、しかしマリンは大丈夫だと、豊かな胸を張りながら高笑いをしてみせた。いつでも自信満々な彼女の姿は、アスタにとって太陽のようだ。

そして、その太陽はさっそく惚れ薬をいかに運用するかの算段を立て始める。彼女曰《いわ》く、先日一緒に店を訪れたクレオが意中の相手、とのことだが……。

「その、どうする……？」

「そうですわね。ひとまず、クレオとお茶会を開くことにしましょうか」

アスタが訊《たず》ねると、マリンはとりあえずの案を提示した。使い道を聞いたのだから、これで後は結果の報告を受けられれば十分。そう考えて、アスタはお暇《いとま》しようとした。

「な、なるほど……。それじゃ、あたしは……これで……！」

「あら、お待ちなさいな」

「いひ……？」

だが、その時だ。

「せっかくですし、貴女も同席しなさいな」

「ふえ……⁉」

マリンが思わぬ追加案を提示し、アスタが絶句してしまったのは。

「にゃ、なにゃに、おおお……⁉」

「気付いていましてよ、アスタ。貴女、学園時代からアルナのことが好きでしょう？」

「ひゃ、ひゃうぅ⁉」

さらに、シンデリウス家現当主は追い打ちをかけるように指摘してきた。マリンの言うように、アスタは学園時代からアルナに好意を抱いている。本人は隠しきれているつもりだが、態度に出ているので『よほどの鈍感』でない限りは、そのことに気付いていた。

なお、この場合における鈍感は『クレオとアルナ』である。

「バレバレですわ。貴女、愛らしいのだから自信を持ちなさい？」

マリンはそう言って、大きくため息をついた。

友人としてアスタの恋を応援する立場からすると、彼女の態度にはストレスが溜《た》まるのだろう。元々の性格が極端なまでの引っ込み思案な内気であるのに、よりにもよって鈍感コンビの一人が恋の相手という状況は、進展の可能性が微塵《みじん》も感じられないのだから。

「アルナも呼びますから。せっかくですし、一歩踏み出しなさい」

「な、なにを言う、の⁉　あ、あたしなんて……壁で、十分で……！」

そんな友人の気遣いだったが、当の本人はそう言って膝を抱えてしまった。曰く、自分は草葉の陰や窓越しに彼の姿を見ているだけで良い、とのことらしい。

そう思っているのは、本心からなのだろう。

何故ならアスタは『黙っていれば』深窓の令嬢然としており、学園時代はそれなりに告白を受けてきたが、それらすべてを断ってアルナだけを見てきたのだから。

「ですが、好きだという気持ちも本心なのでしょう？」

「う、ぐ……！」

しかしながら、マリンの言葉もまた真実であった。

アスタとて一人の女の子である。好きな人と親密になりたい、と願うのは至って普通の感性であろうと思われた。彼女自身も自覚はあるのか、その証拠として何も言い返せないでいる。

「そうとなれば、やることは一つですわ」

黙り込んでしまったアスタを見て、無理矢理に肯定と受け取ったマリン。

彼女は決まりだ、といった感じに意気込むと、急ぎ準備を始める。

「あ、あうぅ……！」

こうして、アスタにとっては思わぬ事態に発展したのであった。

◆

「ん、お茶会……？」

「えぇ、そうですわ。わたくしの屋敷で、アルナも呼んでいますの」

一連の出来事が解決し、久しぶりの平穏が訪れていたある日のこと。マリンがなにやら、珍しい提案を持ち掛けてきた。

それというのも、アルナとアスタを交えたお茶会、というものだ。

よく一対一のそれには誘われて断っていたが、四人というのはどういうことだろう。しかも、面《メン》子《ツ》がまた不思議に思えて仕方がなかった。

「……アスタって、あのアスタだよね？」

「えぇ、彼女以外に誰がいますの」

「う、うーん……？」

念のために訊ねると、マリンは首を傾げてしまう。

どうやらボクの抱いた疑問は、なかなか共有されないようだった。一目見ただけで引っ込み思案と分かるアスタに、アルナを入れたメンバーというのは、どういった繋《つな》がりなのか。

そう考えていると、背後の階段を降りる音と共に声が聞こえてきた。

「別に、俺は構わないぞ？」

その声の主は、名前の出ていた少年騎士。

アルナは特別なにも思わぬ感じで、ボクの方を見てこう言った。

「いいじゃねぇか、せっかくだし。タダで美味い菓子が食えるんだろ？」

「そんな、安直な……」

ついつい呆《あき》れてしまったボクに対して、アルナは笑って背中を叩《たた》いてくる。そして、ふと真剣な声色になってこう口にするのだった。

「俺だって、命の恩人には礼の一つくらいは言いたいからさ」

それを聞いてボクは、ようやく納得する。

なるほど、今回の集まりはそういう意味合いだったのか、と。

つまりアルナの命を救ったアスタに、ささやかながらお礼をしようということだった。

「そういうことなら、最初から言ってくれれば良いのに」

「え、あー……そ、そうでしたわね！」

「……ん？」

ボクが肩を竦《すく》めて言うと、マリンはほんの少しだが視線を泳がせる。その反応が引っ掛かりはしたが、しかし恩返しの場に同席できるなら、という気持ちが勝るのだった。

「まぁ、いっか。それだったら、出席するよ」

「えぇ、是非。アスタもきっと喜びますわ」

――と、いうことで。

ボクとアルナ、そしてマリンとアスタの四人はお茶会を開くこととなった。もっとも、その裏で起きていることなど、ボクたちは知る由《よし》もなかったわけだけども……。

◆

「さて、今日は気合を入れますわよ？」

「ほ、ホントに……？」

クレオとアルナの了承を得てから、数日が経過した。

今日はいよいよお茶会当日。すなわち、惚れ薬作戦の決行日であった。

「今さら引き返すことに、意味などないでしょう？　やると決めたからには、確実にやり遂げてみせますわよ！」

「うぅ、マリン……ぶれない……！」

確固たる鋼の意志を持つ友人を目の前に、アスタは思わず目が眩《くら》みそうになる。どうして彼女はここまで、前向きに努力し続けられるのだろうか。薬師の少女は、心の底からそう思った。

それと同時に『無鉄砲さが怖い』とも感じていたが、あえて口にはしない。

「それではまず、準備すべきは貴女からですわ」

「へ……？」

などと考えていると、突如として会話の矛先が自分に向いた。

アスタは間の抜けた声を発して、腕組みして威風堂々と立つマリンのことを見る。すると彼女はなんの躊躇《ためら》いもなく、アスタの着ていた一張羅のワンピースドレスを脱がしにかかった。

「『へ……？』ではありませんわ！　貴女はどうして、毎回同じ服を着ていますの⁉　今日という晴れ舞台において、そのような手抜きは決して認めませんわ‼」

「ちょ、ま……⁉　ひええええええ⁉」

勢いのまま、下着姿にされてしまうアスタ。

恥ずかしそうに着痩せする身体を隠し、少女は涙目で友人に訴えかけた。だがしかし、その程度の抵抗で止まるマリンではない。

「ほら！　今すぐ、こちらに着替えなさい！　――いいえ、やっぱりまどろっこしいですわ！　わたくしが着替えさせますから、ジッとしていなさい‼」

完全に着せ替え人形状態となった薬師少女。

目まぐるしく様々な衣装に袖を通すこととなった彼女は、途中から諦めの境地に至っていた。抵抗しても、この友人には敵《かな》わない。そう悟って、無抵抗となるのだった。

そんなこんなで、着替えること小一時間。

「これ、あ……あた、し？」

マリンが満足する衣服に袖を通し、軽い化粧を施したアスタはまさに宝石だった。幼い印象を受ける顔立ちを逆手に取って、選んだのはフリルのたくさんあしらわれた愛らしい赤のドレス。頬には自然な赤みを与え、小さな唇には淡い色の紅が塗られていた。

ただ乱暴に身だしなみを整えただけでも、街を歩けば噂の対象となったアスタだ。やはり、磨けば光る原石であることに間違いはなかったのである。

姿見の前で困惑する彼女を満足げに見るのは、いつの間にか自身の準備も済ませていたマリン。

彼女は何度も頷《うなず》いて、ポンと少女の背中を押すのだった。

「ほら、綺麗《きれい》でしょう？　だから本当に、勇気を持って踏み出しなさいな」

「…………」

それを聞いてようやく、さすがのアスタも覚悟を決める。

大切な友人がここまでしてくれたのだ。

だったら——。

「あたし、がんばぅ……！」

ここはもう、前に進むしかない。

アスタは甘噛《あまが》みしながらも、そう誓うのだった。

◆

――が、しかし。

「どうしましょうか、これ……」

「まさか、こんなことに……！」

飲み物に惚れ薬を混入させるタイミングで、二人にとって痛恨のミスが発生した。彼女たちは互いに顔を見合わせて、冷や汗が滝のように流れていることを確認し合う。

そして、うな垂れながら口を揃《そろ》えて言うのだった。

『どのグラスに入れたのか、分からなくなった……！』――と。

間もなくクレオとアルナが到着する時間だ。

二人は必死に深呼吸をしながら、各々に記憶をたどる。

「えっと、アレを用意していた時に持っていたグラスは……？」

「クッキー、の隣は……あ、あれ……？」

暗中模索するも、やはり答えなどでなかった。

「ど、どうす、るの……!?」

「くっ……！」

顔面蒼白《そうはく》なアスタにすがり付かれながら、解決策が思い浮かばない。マリンはその苛立《いらだ》ちから、つい爪を噛《か》んでいた。そうやって思考すること数秒――。

「――こうなっては、もう賭けに出るしかないですわ」

いよいよ、一か八かの作戦に出るのだった。

「か、賭け……？」

「ええ、そうです。もはや考えている時間もありません」

「と、いうことは……？」

「覚悟してください、アスタ。誰がどのグラスを選ぶのか――」

聖女は、その称号に相応しくない鼻息の荒さで宣言する。

「すべて、運命に任せましょう……！」――と。

◆

「……へぇ。この焼き菓子、美味しいね」

「そ、そうでしょう？　クレオ」

「アスタも、見違えたもんだな。本当に驚いたぞ」

「あ、う……！」

こうして、女性陣にとって計り知れない緊張感の中でお茶会は始まった。

男性陣とはテーブルを挟んで、向かい合わせの状態だ。そして、クッキーなどの菓子が並んでいる真ん中に、件《くだん》のグラスがあった。赤色の飲料が注がれているそれは、人数と同じく四つある。

ただし、そのうち二つには惚れ薬が混入しているのだ。それを知るマリンとアスタは、男性陣より先にグラスを手に取ることはない。

ひたすら慎重に。

気取《けど》られることのないように、細心の注意を払いながら女性陣は時を待った。そして、

「あ、このドリンク飲んで良いんだよね？」

「俺も飲もうかな」

ついに、そのタイミングがやってくる。

クレオとアルナは各々にグラスを手に取って、ほぼほぼ同時に喉に流し込んだ。

「あの、クレオ！」

「ク、クレファス、くん……！」

チャンスは、いましかない。

そう考えて二人は、それぞれの想い人の名を呼んだ。

「え……？」

「あ……？」

すると彼らは、一拍遅れて反応する。

クレオはマリンを見て、アルナはアスタを見ていた。これでもし惚れ薬を飲んでいたら、何かしらの反応を示すに違いない。

果たして、その結末は……。

「どうしたの？　マリン」

「あ、いえ……」

ケロッとした表情を浮かべるクレオに、マリンは大きく肩を落とした。どうやら、彼の飲んだドリンクには薬が入っていなかったようである。

対して、アルナは——。

「——ん、なんだ。アスタ？」

「あ、の……！」

「あー……ちょっと、待ってくれ」

「え……？」

なにやら、様子がおかしい。そう思っていると、

「ずっと、言いたかったんだ」

少年騎士はしばしの間を置いてから、ふとアスタに向かってこう伝えたのだ。

「今さらになって申し訳ないんだけど、さ。本当に、ありがとな！」——と。

ほんの少しだけ、頬を赤くしながら。

まるで人が変わったように、素直な感謝の言葉を。真正面からそれを受け取ったアスタは、あまりのことに耳まで真っ赤になってしまう。

うつむいて、なにも返答ができなくなっていた。すると、

「隣、行っていいか？」

「うぇ……⁉」

アルナはおもむろに立ち上がり、薬師少女の傍《そば》へと移動する。

そして、あろうことか彼女の頭を優しく撫《な》でるのだ。

「…………本当に、助かった。お前は、俺の命の恩人だよ」

「────」

本当に、いつもの粗雑な少年はどこに行ったのか。

何度も感謝の言葉を口にして、アスタは声もなくそれを享受するしかなかった。だが、さすがに頭を撫でられるという刺激を受け続けたためか、アスタは──。

「うぅ……がくっ！」

ついに意識を失ってしまうのだった。

ただ、その表情はとても満足げであり、彼女を見ていたマリンも思わず微笑んでしまう。自分はハズレを引いてしまったが、どうやら友人は夢のような時間を得られたらしい。

そう考えて、一つ息をついた時だ。

「ねぇ、マリン？　一つだけ、確認したいんだけど」

「……はい？」

クレオが小さく首を傾げながら、彼女にこう訊いてきたのは。

「もしかして、この中に薬みたいなもの入れた？」

◆

「まさか、クレオが異変を感じ取って自分に解呪魔法を施すとは……」

――お茶会が終わって。

後片付けをしながら、マリンは今回の失敗について一人で反省会をしていた。ちなみに、アスタはいまも幸せそうにソファーで眠っている。

心地好い夢を見ているのだろうか。

薬師少女は、健やかな寝息と共に笑みを浮かべていた。

「まぁ、結果として賭けには勝ちましたから。これはこれで、良かったのですわ」

何はともあれ、作戦は上手くいったのだ。

そのことに安堵《あんど》しながら、ふと彼女はもう一つ残っていた飲料に気付く。

「あの二人が飲んだのは確定ですし、大丈夫ですわよね。……ふぅ」

そして、緊張で乾き切った喉にそれを流し込んだのだった。

◆

「そういえば、アルナ？　訊いても良いかな」

「ん、どうした」

――一方その頃。

共に帰路に就いたクレオとアルナは、こんな会話をしていた。

「あのドリンクに、なにか入っていたのには気付いた？」

「……ん？　なんの話だ、それ」

クレオの問いかけに、アルナは本当に意味が分からない、といった様子で答える。そんな相手の様子に違和感を覚えたクレオは、ひとまずマリンが供述したことを伝えた。

あの飲み物には『惚れ薬』が入っており、アルナはそれによってあの行動を取ったのでは、と。

しかし少年騎士は、至って平静に首を左右に振って言うのだった。

「いや？　アレは、俺の本心だぞ」

「ん…………？」

クレオは首を傾げる。

それを見て、アルナは笑ってこう語るのだった。

「俺はもともと、心からアスタに感謝していたからな。仮にその『惚れ薬』とやらを呑《の》んでいたとしても、きっと同じように感謝を伝えていたさ」

清々しい、無邪気な彼らしい表情で。

「なるほど。つまり、アルナは――」

しかし、そんな彼にクレオは冗談めかしてこう言った。

「素面《しらふ》で、女の子にあんなことするのかぁ……」――と。

そうすると、さすがにアルナも言い返した。

「バカ、お前！　俺を女たらしみたいに言いやがって！」

「え、違うの……？」

「違うに決まってんだろ⁉」

「本当かなぁ……？」

「おま……！」

少年たちの笑い声が、夕日に照らされた街の中に溶けていく。それは、何気ない一日の終わりを告げていた。

クレオはとても満足した気持ちになって、しかし——。

「……あれ？」

ふと、なにかがおかしいことに気が付いた。

だけども具体的に何がおかしいのか、それが分からない。

「まぁ、いっか！」

ということは、別にたいした問題ではないのだろう。

そう考え直したクレオは、またアルナとじゃれあいながら帰路に就くのだった。

◆

「ん、く……う？」

アスタが目を覚ますと、そこはシンデリウス家のリビングだった。

どうやら眠ってしまっていたらしい。そのことにすぐ気付いた少女は、身を起こしてから大きく伸びをした。

そして、今日の出来事を振り返って頬を赤らめる。

アルナに撫でられた場所に自身の手を当てて、頬がほころぶのを感じた。

「楽しかった、な……」

口を突いて出たのは充実の言葉。

最初はマリンに巻き込まれる形だったが、結果的にはそれで良かったと思った。アルナに撫でてもらえた、という少女らしい気持ちについてもそうだ。だが、それ以上に誰かと一緒になにかをする、という経験は初めてのことだったから……。

「あ、マリン……」

そこでふと、アスタは窓際で外を眺める友人の姿に気付いた。

声をかけると彼女はゆっくりと、こちらへやってくる。

「あ……あの、マリン。そ、の……」

――今日は本当に、ありがとう。

薬師少女は、そんな感謝の言葉を伝えようと気持ちを整えていた。

そして間もなくマリンがやってきて、しかし――。

「はぁ、はぁ……！」

「へ……？」

――アスタはすぐに、異変に気付いた。

マリンの目つきがおかしい。なんだったら、息も非常に荒くなっていた。

「貴女……本当に、愛らしいですわぁ……！」

「ひっ……⁉」

そこで薬師少女は、テーブルに置かれているグラスに気付く。

「ま……さか、マリン……飲んだの？」

そして、そのまさかの可能性にたどり着いた。

ジリジリと不気味な足取りで、だんだんと距離を詰めてくる友人。

アスタは口角が引きつるのを感じながら、少しずつ後退し、タイミングを計って――。


「ひああああああああああああああああああああああああああああああああっ⁉」


――絶叫し、全力疾走。

運動音痴の極みな自分の中に、こんな力があったのかと驚く暇もなく。己の身を守るために少女は全速力で、毒されたマリンから逃げるのだった。


「待ってくださいまし、アスタぁぁぁぁぁぁぁぁぁぁぁ！」

「いやだぁぁぁぁぁぁぁぁぁぁぁぁぁぁぁぁぁぁぁぁぁ！」

その日シンデリウス家には小一時間、少女の悲鳴が木霊した。

そして、アスタは決意するのだ。

もう二度と『惚れ薬』なんて、作らない――と。

# あとがき

みなさま、お世話になっております。作者のあざねです。

この度は『万年2位』3巻を手に取ってくださり、誠にありがとうございます。2巻の発売から、ずいぶんと時間が経ってしまいましたこと、まずは謝罪いたします。申し訳ございません。

2巻と同じく、原稿やイラストは問題なく完成していたのですが、私の手の届かない問題によって発行が遅くなってしまいました。またそれに伴って『万年2位の書籍』は、この巻で打ち切り、ということになります。これについては私も非常に悔しく、同時に虚しくさえ感じております。そして何より、ＷＥＢ時代から応援して下さった方々へ恩返しができず悲しいです。

しかしページ数にも限りがありますので、この話はひとまず措いておきましょう。幸いなことにコミックスの方は順調に推移しており、これからも続く予定ですのでご安心ください。

さて、それでは3巻の内容に触れていきましょう。

この巻では、エリオの過去の因縁についての顛末が描かれています。様々な誤解やすれ違いがありながら、最終的には立ち向かうべき相手に、全員で一致団結して向かい合います。

読者の皆様には、そういった『仲間』と呼べる相手がありますでしょうか。時にはぶつかりながらも、一つの目標に向かって手を取り合う、そんな存在です。

もし、そのような方々がいるのであれば、大切にしてください。

同じ目標を持つ『仲間』というのは、とにもかくにも得難い存在です。そして、そのような人々と切磋琢磨できる環境は、それこそ得ようとして得られるものではありません。

人との出会い、あるいは縁というのは、必ずしも希望通りになるものではございませんので。

その点につきましては、私は素晴らしいイラストレーター様、校正様やデザイナーの方々に出会えたと思っております。これは心から、私にとっての財産であると胸を張って宣言することができます。本当に、ここまでお付き合いいただき誠にありがとうございました。

そして、読者の皆様へ。

残念ながら『書籍版の万年2位』はここで終了します。

しかし、クレオたちの物語はスクエニ様で連載されているコミックスで続きます。こちらには私からも、短編を寄稿させていただいておりますので、お手に取った際は是非よろしくお願いいたします。

それでは、最後に。

ここまで本当にありがとうございました！　また、会う日まで！

二〇二三年　四月　某日　あざね

Kラノベブックス

# 万《まん》年《ねん》2位《い》だからと勘《かん》当《どう》された少《しょう》年《ねん》、無《む》自《じ》覚《かく》に無《む》双《そう》する3

あざね

2023年5月31日第1刷発行

発行者　　森田浩章
発行所　　株式会社 講談社
〒112-8001　東京都文京区音羽2-12-21
電　話　　出版　(03)5395-3715
販売　(03)5395-3608
業務　(03)5395-3603
デザイン　　ムシカゴグラフィクス
本文データ制作　　講談社デジタル製作
印刷所　　株式会社KPSプロダクツ
製本所　　株式会社フォーネット社

KODANSHA



ISBN978-4-06-532364-9　N.D.C.913　243p　19cm
定価はカバーに表示してあります


ファンレター、
作品のご感想を
お待ちしています。

あて先
〒112-8001　東京都文京区音羽2-12-21
(株) 講談社　ラノベ文庫編集部 気付
「あざね先生」係
「ZEN先生」係